徳 間 文 庫

Team・HK

殺人鬼の献立表

あ さ の あ つ こ

徳 間 書 店

目次

遙かなる殺人者　　　　　　　5

殺人鬼の献立表

ぐにゅっ。

何かを踏んづけた。

柔らかいような、弾力があるような、粘っこいような、何とも奇妙な感触だ。この触感は……なに？

佐伯美菜子《さえきみなこ》は息を整え、ゆっくりと視線を下げる。

血塗《ちまみ》れの手首を踏んでいた。

正確には、人の手の手首から先だ。手のひらを上向きにして転がっている。血がこびりついて、黒っぽく変色していた。指は何かを摑《つか》もうとするかのように、あるいは苦悶《くもん》を刻み込んだように、五本とも〝くの字〟に曲がっている。

「ぎゃあっ」

叫んでいた。同僚の美杉杏奈《みすぎあんな》曰く、「あのときのミーナの叫び声、まるで踏んづけられたカラスみたいだった」とか。

踏んづけられたカラスがどんな声をたてるのか、知らない。たぶん、一度も聞いたことはないだろう。けれど、血塗れの手首を踏んだ瞬間、腹の底からほとばしった叫びが人より鳥の啼《な》き声に近かったのは事実だ。腹部の筋肉がひくひくと痙攣《けいれん》した。

「どうしたの」

一足先にキッチンに入っていた真冬野日向《まふゆのひなた》が飛んでくる。

「手が、手が、手が……」

棒立ちになったまま、美菜子は目だけで床を指す。

「手?」

日向の表情が一瞬、強張《こわば》った。一瞬だけだ。

「ああ、これね」

長身を屈め、血塗れの手を摘まみ上げる。鼻先に近づけ、臭《にお》いを嗅《か》ぐ。それから、肩を竦《すく》めて笑った。

「ゴム製の作り物だよ。よく、できてるけど偽物《にせもの》。ほら」

投げてよこす。とっさに受け取り、また、叫びそうになった。

手首の切り口は不揃いのぎざぎざで、鋸《のこぎり》かなにかで無理やり切断したように見えた。そこから、骨と肉がはみ出している。肉は既に腐り掛けているのか、黒味を帯びていた。今にも血や体液が滴《したた》りそうだ。しかし、臭いはしない。

日向の真似をして鼻を寄せてみる。

微《かす》かなゴムの臭いがした。それだけだ。

「作り物……」

人の右手の模造品だ。玩具《おもちゃ》と言うには精巧過ぎる。こんな物、誰が作るのだろう。

「駄目だよ、ミーナ」

モップを手に近藤樹里《こんどうじゅり》が笑う。今月、十九歳になったばかりの樹里の笑い声はどんなときも澄んで、軽やかだ。

「那須河《なすかわ》先生んとこの掃除に来てんだから。血塗れの手首ぐらいで騒いでちゃ、仕事になんないよ」

「あ、確かに……そうですよね」

美菜子は顔を上げ、視線を巡らせた。

ものすごい乱雑ぶりだ。いつものことながら、驚く。ここまで部屋を汚せるものだろうかと。

那須河闘一《とういち》は、かなり有名な作家だった。何度も映画化、ドラマ化され大ヒットしたハードボイルド小説「グレー・モリタン」シリーズの著者であるのだ。女と見間違うような優しげで美しい容姿の持ち主でもある。もっとも、女っぽいのは外見だけではないのだが。

美菜子の職場であるTeam・HK、略してTHKの得意客の一人だ。ただし、かなり手強《てごわ》い相手でもあった。

THKのHKはhousekeeperの略になる。その名の通りハウスキーパー、家政婦としての仕事をする。清掃を主として家事全般をこなすのだ。今のところ、依頼の八割が屋内の清掃、一割が墓所などの掃除、残り一割が買い物や送迎、遺品の整理などとなっている。

闘一からは不定期ながら、月に一度か二度、多ければ四度や五度も家中と庭の清掃依頼が入る。THKは基本予約制で、依頼は二週間以上前に受ける規定になっていた。スタッフの数が限られているので調整が必要となるのだ。

ＴＨＫを立ち上げたチーフの真冬野日向（芸名でも、ペンネームでもなく正真正銘の本名だと聞かされて、美菜子は少し驚いた。驚いた後に、すてきな名だと感じた。誰が付けたのか、いつか尋ねてみたいと思っている）は完璧主義者とはかけ離れた、大らかな性質ではあったが、仕事に関しては一切の妥協をしなかった。

手を抜くこと、いいかげんにごまかすこと、真剣に仕事に向かい合わないことを何より嫌った。そういう態度を見せたスタッフを、ときに強く叱責《しっせき》したりもした。

ＴＨＫは慢性的な人手不足で、スタッフの募集をずっと続けていた。なのに、なかなか増員できないのは、日向の厳しさに一因があると、事務方の野端月子《のばたつきこ》は言う。

「掃除や草取りに本気で取り組む気がないなら、とてもプロのハウスキーパーにはなれないってのがチーフの持論だから。確かに、そうなんだけど……。ほとんどの人がハウスキーパーの仕事なんて誰にでもできるって甘く考えてるでしょ。そうそうチーフのお眼鏡にかなう人って、いないのよねえ。簡単だと高を括《くく》っていた仕事が、案外に難しくてややこしいって気がついて、そこにチーフのカミナリがドドーンと落ちて、嫌気が差しちゃう。で、こんな仕事辞めますってパターンが続いてんのよ。ちっとも、居付いてくれないの」

と、ため息を吐《つ》く回数も、このところ増えている。

確かにスタッフが増えない。美菜子が働き始めてから半年近くになるが、その間に三人が見習い期間中に、一人は正式なスタッフになって一月《ひとつき》後に辞めてしまった。だから、美菜子たちはけっこう忙しい。依頼を断らざるをえないケースも出てくる。それでも、美菜子は、日向が間違っているとは僅《わず》かも思っていない。ハウスキーパーの仕事は手抜きやごまかしを覚えたら、どんどん使いものにならなくなってしまうのだ。ちょっとぐらい拭《ふ》き残しがあっても、棚の上に埃《ほこり》があっても、庭の隅に草が生えていてもいいじゃないか。わかりはしない。適当にやっておけばいい。そんな心持ちが少しでも芽生えたら、ずるずると仕事の質が低下していく。

自分の家のことなら、どんな手抜きもごまかしもいいだろう。家事を放っておいて、のんびりくつろぐ時間が必要なときもある。いつもいつもきっちり為《な》そうなんて身構えたら、疲れ果ててしまうのが落ちだ。完璧にやる必要なんてない。

しかし、ＴＨＫはプロの集団だ。限りなく完璧に近い仕事をしなければならない。それが信頼となり、評判となり、次に結びつく。

「まあ、さすがにプロは違うわねえ。すごいわ」

客の心底からの称賛《しょうさん》に、スタッフが支えられも励まされもする。美菜子自身、胸が膨らむような誇らしさを何度も味わった。この味わいがある限り、辞められないとも思う。

要するに、美菜子はこの仕事が、THKが、仲間たちが好きなのだ。身体的に辛《つら》いこともある。客に嫌味を言われ唇を嚙《か》んだこともある。でも、ずっと続けていたい。ずっと頑張りたい。いや、続ける、頑張る。そう決意していた。

そういうプロの仕事をやりとげるためにも、清掃日の二週間前には予定を組むか、定期の契約を結んでもらうかしなければならない。なのに、闘一からの依頼は、いつだって気まぐれで唐突だ。

三十分以内に到着して二時間以内に清掃を完了させる。

そんな電話が不意にかかってくる。これが他の者なら、日向は断固、断るはずだ。例外的に緊急を要する件（不慮の死による葬式の準備とか、突然の客の来訪のためとか）以外は。しかし、日向は闘一の依頼をいつも緊急の件として扱う。断ることはまず無い。

「あたしたちを呼ぶってことは、先生、かなりまいってるってことだからね。多少無理しても行くっきゃないの」

多少どころか、かなりの無理をして那須河邸に赴《おもむ》くのだ。どうしてもスタッフの調整がつかず、月子まで動員して出向いたこともある。闘一は、無理を通しただけの報酬はきちんと支払ってくれるし、日向がTHKを立ち上げたときからの付き合いでもある。けれど、日向が闘一の我儘《わがまま》を拒否しないのは、報酬や贔屓《ひいき》客という立場からだけではないと、美菜子は考えている。

日向は、きっと、放っておけないのだ。

スランプの度《たび》ごとに縋《すが》ってくる闘一を、邪険に拒めないのだ。好きなのだと思う。姉が弟を気遣うような、母親がやんちゃ息子を宥《なだ》めるような日向の眼差しや物言いを感じるつど、ああチーフは先生が好きなんだなと思う。男と女ではなく、姉弟や母子に近い心根を抱いているんだなと。

実は、美菜子も闘一が好きなのだ。

ときに辟易《へきえき》もするけれど変人だと呆《あき》れもするけれど、かわいいなぁこの人と微笑《ほほえ》ましくなることもよくある。

闘一はおもしろい。美菜子が出逢《であ》ったことのないタイプの人間だった。おもしろくて、楽しくて、わくわくする。何が詰め込んであるのか窺《うかが》い知れない福袋みたいだ。それとも宝箱だろうか。いや、玩具箱だ。ごちゃごちゃいろんな物が放り込まれた箱。だから、緊急だろうが重労働だろうが、那須河邸の清掃には、喜んで出向く。他のスタッフもそうらしく、那須河邸に向かうワゴンの中は、いつにもまして賑《にぎ》やかで陽気な雰囲気に包まれる。

今日もそうだった。樹里など腕まくりをしてやる気満々な風だったのだ。美菜子も腕まくりまではしなくとも、気合いは十分に入っていた。

それなのに、那須河邸のリビングで、腐臭を嗅ぎ、ゴミに埋もれてしまった床に立っていると、いささかの怯《ひる》みを覚えてしまう。

「うへっ、今回はまたすごいね。びびっちゃう」

樹里が美菜子の心内を言葉にしてくれた。

「ゴミ屋敷と変わんないじゃん。あたしたち、一月《ひとつき》前にちゃんと片付けたのにさ」

そう、何年も放置していたゴミ屋敷ならわかる。しかし、美菜子たちは一月前にも、このリビングを含め家中を塵《ちり》一つ落ちていないほど磨き上げたのだ。

闘一は独身だ。一人で、この古い屋敷に住んでいる。たった一人の人間が、しかも、まだ若く健康で、判断力も知力も具《そな》えている者が僅か一カ月の間にここまで住居を汚せるものだろうか。まったくもって信じ難い。

「チーフ、先生、かなりのスランプじゃないのかなあ」

樹里が声を潜めた。

「うん……。この汚しっぷりからすると、相当かも」

日向が珍しく暗いため息を吐く。

「先生、書けないとやたら部屋を汚す癖《くせ》があるからねえ」

「泣きながら、電話をかけてこられたって月子さんが言ってたよな」

スタッフ唯一の男性、はっくんこと和泉初哉《いずみはつや》が呟《つぶや》いた。美菜子も相当人見知りが強いと自覚しているが、初哉に比べればまだ、社交的かもしれない。

初哉は他人と交わることが苦手で、集団に馴染めない。美菜子と一対一で話ができるようになったのも、つい最近のことだ。樹里によれば、それでも驚きの早さだとか。ぽつりぽつりとでも言葉を交わすようになって、初哉が誠実で細やかな心遣いのできる青年だとわかった。結婚して赤ん坊が生まれたと聞いたから、初哉は、初哉の美点をちゃんと理解してくれる聡明な女性に巡り合えたわけだ。他人事《ひとごと》ながら、美菜子は安堵《あんど》する。傍《かたわ》らに確かな理解者がいる者は幸せだ。未来はどうなるかわからない。でも、現在の初哉が幸せであるなら何よりだ。

ただ、今の初哉は眉を寄せ不安げな顔つきになっていた。その顔に向かって、日向が頷《うなず》く。

「うん。あたしも月子さんから報告を受けてる。三十分以内に到着して二時間で全てをぴかぴかにしてくれって……。そこまでは、いつもの先生の我儘、じゃなくて、依頼なんだけど、電話口の向こうでぐすぐす泣いてたらしいのよね」

「うわっ、それかなりヤバイんとちゃいますか。ほんま、ヤバイでっせでっせでっせ」

樹里がおどけた物言いをしたが、誰も笑わなかった。

「二階……覗《のぞ》いてみますか」

初哉が顎《あご》をしゃくる。階段を上がって左手の部屋が闘一の書斎になっていた。日向、初哉、樹里、杏奈、美菜子。THKの全員が聞き耳を立てる。静まり返っている。さっき玄関に入るとき、日向がよく通る声で「先生、THKの真冬野です。お掃除に伺いました」と挨拶した。返事がないのはいつものことなので、そのまま上がり込んだ。そう、闘一はよほど気が向かない限り、挨拶など返さない。だから、誰も気にせずに上がり込んだ。闘一の返事を待っていたら、いつまで経っても仕事に取りかかれない。

清掃がほぼ終わり、家中が見違えるようにきれいになったころ、闘一は二階からゆるゆる下りてきて、文句だの皮肉だの自慢話だのを口にする。それでも、最後にはTHKの仕事を褒《ほ》め、満足を表すのだ。今回もそのパターンだとは思う。思うけれど、この乱雑ぶりと二階のあまりの静寂が気にかかる。

「あの……、わたし様子を見てきていいですか」

雑巾《ぞうきん》を握り締め、美菜子は日向を見上げた。

日向は長身だ。百七十センチはゆうにある。小柄な美菜子は、顔をかなり上げなければ視線を合わせられない。

日向が眼鏡を押し上げ首を傾《かし》げた。長身で細身、ショートカットの髪と化粧気のない小さな顔。日向はいつも中性的で、そのくせ、仄《ほの》かな艶《つや》がある。

「そうだね……、ミーナが一番、適役かも。頼める？」

「はい」

「ガンバ、ミーナ。何かあったら大声、出すんだよ」

樹里がガッツポーズをする。十九歳のシングルマザーは、どこまでも朗《ほが》らかだ。

「何かって何があるのよ」

杏奈が眉《まゆ》を顰《ひそ》める。

「まさか、先生がミーナを襲う……なんて、ありえないか」

樹里が右手を左右に振った。

「ないない、それだけは絶対にない。先生なら、アンが裸で寝そべっていたって何の興味も示さないよ」

「ジュリ、つまんない冗談、止《や》めてくれる。あたしは他人の前で、裸で寝そべったり絶対にしないから」

杏奈の眉間の皺《しわ》がさらに深くなる。杏奈は、くっきりした目鼻立ちの美女だ。無口で気難しい面もあるけれど、その面の下に意外なほど情深い姿が隠れている。

「あの、では、とりあえず行ってみます」

「頼む。先生がどんな風でも刺激しちゃだめだよ。そっと様子を見るだけにして」

日向が小声で、しかし、はっきりと指示を出す。

「はい。わかりました」

歩き出そうと一歩踏み出したとたん、何かを踏みつけた。

むにゅっ。

え？　まだ、手首が転がってるの。

そっと足を上げる。

さっきのが右手だったから、今度は左手で……。

濃緑の塊《かたまり》があった。

「ひえっ。蛙《かえる》」

体長十五センチ以上はあろうかという蛙が、美菜子の足元にうずくまっていた。

「もう、ミーナ、一々《いちいち》反応し過ぎ。玩具に驚いてたら、先生とこの掃除なんてできないんだって。こんなの、ぽいぽいって捨てちゃっていいんじゃない」

樹里が蛙を摑み上げる。

リアルだ。とても玩具には見えない。

あの、これ生きてるんじゃないですか。

美菜子がそう言おうとするより僅かに早く、蛙が口を開けた。

ウモッ。

樹里の黒眼が左右に揺れた。

「こいつ、今、鳴かなかった?」

「鳴きました。樹里さん、これ……本物ですけど」

「みたいだね。うん?……もしかして、この牛蛙、三代目源兵衛《げんべえ》さんじゃない?」

「そうだ、三代目源兵衛さんだ」

初哉がうなずいた。

「まだ冬眠してなかったんだ。相変わらずのんびりしてんな」

「三代目源兵衛さんって、この蛙の名前、ですか」

「そうだよ。先生のペットなの。前は納戸《なんど》の水槽《すいそう》にいたんだけど、何をのこのこ出てきたんだろうね。おまえ、早く冬眠しないと干からびちゃうよ」

樹里が重なったバナナの皮と黄ばんだ白布の束（何のために使うのか、美菜子には見当がつかなかった）の間に、三代目源兵衛さんをそっと置いた。

ウモッ。

三代目源兵衛さんは一鳴きすると、ゴミ袋の間にのそりと潜り込んでいった。

「やだ、ここで冬眠なんかしちゃだめだめ。みんな片付けちゃうんだから、あんたの居場所、ないよ。庭に出なさい、庭に」

「それより、水槽に戻した方がよかないか」

「樹里、初哉、仕事にかかって。いつも通り初哉は庭掃除、樹里と杏奈はリビングを徹底的にきれいにして。あ、樹里、納戸に行って水槽の状態を確認しといて。大丈夫なようなら、三代目はそこに戻しておいて。あたしは、キッチンに取りかかります。トイレと浴室は手が空いた者から取りかかること」

「了解」

「わかりました」

「よっしゃあ、やるぞ」

一斉に動き出した日向たちに背を向け、美菜子は爪先立ちで階段を上《のぼ》っていった。爪先立ちなのは階段の汚れ様もすさまじいからだ。意図的にゴミ箱の中身をぶちまけたのではないかと、疑いたくなるほどに。さすがにもう、手首や蛙はないようだが、正体不明の赤黒い塊やら、空き缶（サンマの蒲焼《かばやき》のラベルが貼ってある）やら、毒々しい黄色い染みの付いたハンカチだのが、散乱している。どれも、あまり踏みつけたくない。

日向や樹里が言うように、汚れ具合とスランプが正比例するなら、那須河闘一の落ち込み度はそうとう高いようだ。もっとも、闘一はしょっちゅう落ち込んでいる。精神的にも肉体的にも超人的に頑強な探偵を主人公にしているわりには、作家本人は女々しくて、打たれ弱い。

美菜子のＴＨＫでの初仕事が、那須河邸の清掃だった。そこで初めて闘一に出会ったのだ。

闘一は首を吊ろうとしていた。樹里に言わせれば「那須河先生、スランプになると、首を吊る芝居をする癖があるの。いつもじゃないんだけどね」だとか。むろん、そんなことは露《つゆ》ほども知らない美菜子は慌てふためいて、イスに乗っていた闘一にしがみついた。あのときのどたばたは、今でもはっきり覚えている。

心臓が縮まった。胸が痛い。

先生、まさか……。

階段を駆け上がる。足の下で何かが潰《つぶ》れたけれど、気にしてはいられない。

階段を上り切った左手が闘一の書斎だ。夏の終わりまでは襖《ふすま》だった。何か理由があったのか、闘一特有の気紛れなのか、この前に来た時に木製のドアに変わっていた。どっしりとした、いかにも頑丈そうなドアだ。頑丈で高価でもあるのだろうが、純和風なこの家屋にはどうにもそぐわない。美意識の高い闘一がこんなちぐはぐな造作をするなんてと、美菜子は首を傾げたものだ。

ほんとうにちぐはぐだ。でも、もしかしたらと今、閃《ひらめ》いた。

もしかしたら、鍵がかかるからなの？

襖戸では心張り棒でもしない限り、外から開けられてしまう。しかし、ドアなら内側から鍵をかけてしまえば、そう簡単に他人が入ってはこられない。

鈍い金色のノブを見やり、美菜子は息を飲み込んだ。

こぶしを固め、ドアを敲《たた》く。

「先生、那須河先生、佐伯です。ＴＨＫの佐伯美菜子です。聞こえてますか。先生、先生」

何の応答もないだろうと覚悟していた。鍵がかかっていて、応答がなくて……これは、本当に大変な事態かもしれない。最悪の場合、鍵を壊してでも中に入らなければ。

ノブを摑んだとたん、ドアが内側に引かれた。

よろける。頭からつんのめってしまった。

額《ひたい》に衝撃がきた。何かにぶつかったのだ。微《かす》かなコロンの香りがする。とっさに閉じた瞼《まぶた》の裏で、小さな火花が散った。

「ぐえっ」

「きゃあっ」

悲鳴が二つ、重なる。「きゃあっ」は美菜子自身のものだ。もう一つは……。

「せ、先生」

両手で腹部を押さえ、那須河闘一がうずくまっていた。

「だ、大丈夫ですか。先生」

「う……い、痛い」

「ひえっ、す、すみません。何かもろにぶつかったような」

ぶつかったような、ではなく、ぶつかったのだ。美菜子は頭から、闘一の腹部に突っ込んでいったらしい。

「先生、すみません。ごめんなさい。あの、あの、大丈夫ですか」

呻《うめ》きながら、闘一が起き上がる。ここで、

大丈夫なわけないでしょ。状況を考えなさい、状況を。あんた、プロレスラーなの？　ちがうでしょ。一般人がチョウ人気&有名&ベストセラー作家のあたしに、いきなり頭突きをかますなんて、いい度胸じゃないのよ。

そんな風に、捲《まく》し立てられるはずだ。闘一が一度、気分を損ねてしまうと、なかなか元に戻らない。ひたすら、謝るしか手はなかった。美菜子は身体《からだ》を固くして、闘一からの罵倒《ばとう》に身構えた。

「佐伯さん」

「はっ、はい。ごめんなさい」

「待ってたのよぉっ」

「は？　待ってたって、先生、きゃあっ」

また、悲鳴をあげてしまった。闘一が飛び付いてきたのだ。強く抱き締められる。バランスを崩し、抱き締められたまま床に倒れ込んだ。

「佐伯さーん、会いたかったわよぅ」

「ひ、ひえっ。先生、は、離してください。離して」

「いやっ。やっと摑まえたのに、もう離さない」

「そんなそんな、こ、困ります。先生。どうしたんですか。しっかりしてください」

床に重なって倒れているのだ。焦る。焦ったときは深呼吸する。誰かに教わった記憶がある。

美菜子は大きく息を吸い、ゆっくり吐き出した。気持ちが静まり、混乱が治まっていく。もう一度、深呼吸。

「あーん、佐伯さん、助けてよ」

闘一の腕にさらに力が加わる。

助けて？　先生はわたしに縋《すが》っているの？

「どうしたんですか。いったい何があったんです。落ち着いて、話をしてみてください。わたしにできることなら、力になります」

「ほんとに？」

闘一が顔を上げる。見惚《みほ》れるほどの美貌だ。形のよい目の端から涙が一筋、零《こぼ》れた。

「ほんとに、助けてくれる佐伯さ、ぐふっ」

闘一の顔面に雑巾が飛んできた。かなりの勢いだ。

「こらっ、ミーナを襲うなんて、どういうつもり！」

樹里が飛び込んでくる。

「許さない」

止める間がなかった。樹里の回し蹴《げ》りが闘一の後頭部に決まる。雑巾を顔に載せたまま闘一は、美菜子の横に転がった。

「ちょっ、ちょっと樹里。待ちなさい」

日向が後ろから樹里の腕を摑んだ。その背後から、杏奈と初哉が顔を覗かせている。

「チーフ、何で止めるんですか。ミーナが襲われたんですよ。もう、女になんて興味がないなんて言ってたくせに。部屋に引き摺《ず》りこんで押し倒すなんて、最低。もう一発、お見舞いしてやる。覚悟しろ」

「樹里さん、違うの、違うの。違うんだって」

飛び起き、樹里の目の前で思いっきり頭を振る。

「違う? 何が? ミーナ、今、先生に押し倒されてたじゃん。危機一髪だったでしょ。先生、飢えた狼みたいな顔してたじゃんか」

「ちょっとぉ、小娘」

闘一が立ち上がる。足元に雑巾を叩きつける。ベチャリと湿った音がした。どこを拭いた雑巾だろうか。

「あんた、飢えた狼の顔、見たことあるわけ」

樹里が顎を引く。

「え?……いや、それはないけど」

「見たこともないのに、いいかげんなこと言うんじゃないわよ。まったく、すぐにでたらめを口にするのは馬鹿の証拠よ」

「へへん、レイプ魔がえらそうなこと言って」

「誰がレイプ魔ですって。好みの男ならいざしらず、女の佐伯さんを何であたしがレイプしたりすんのよ。とんでもない話だわよ。言い掛かりも甚《はなは》だしいわ。訴えるわよ、この空っぽ頭の小娘が」

「ふーんだ、エロ作家に言われたくないや」

「まっ、まっ、まっ。このあたしがエロ作家ですって。よくも言ったわね。あんたこそ、もろエロ顔のくせに」

「はい、そこまで」

日向が二人の間に割って入る。

「先生、今のはちょっと過激過ぎる発言です。一応、オフレコにしときましょう。樹里も落ち着いて。はい、二人とも深呼吸。吸ってぇ吐いて。もう一度、吸ってぇ吐いて。はい、それでけっこう。少し落ち着きましたか。落ち着きましたね」

樹里と闘一が同時に頷いた。ぴったり息が合っている。

ああ、そうだチーフに教えてもらったんだ。

「ミーナ、焦ったとき、慌てたときはまず、深呼吸。それから、動くの。空気が身体の中に入ると、気持ちが楽になるし、頭もさえるからね」

そうアドバイスを貰《もら》ったんだ。

「樹里、あんた、少し乱暴過ぎるよ。いきなり、雑巾を投げつけたり回し蹴りはないでしょ。下手したら、先生、大怪我《おおけが》してたかもしれないのよ」

日向に咎《とが》められ、樹里の唇が尖《とが》った。

「そうよ、そうよ。首の骨が折れてたらどうすんのよ。あたしにもしものことがあったら、出版業界、たいへんなことになっちゃうのよ。大ベストセラー作家が消えちゃうんだから、大大損失よ。経済的打撃は計り知れないわ。そこんとこ、わかってんの。まったく、ああ、痛い。鞭《むち》打ちになってたらどうしてくれんのよ」

「先生、調子に乗らないでください」

日向が、闘一を睨《にら》みつける。

「先生が、うちの佐伯美菜子を押し倒して、馬乗りになっていたのは事実です。あの状態を見たら、樹里でなくても騒ぎますよ」

「え……でも、それは……。あたし、そんな、佐伯さんをどうこうしようなんて、ちらっとも思ってなくて……。そんなんじゃなくて」

「そんなんじゃなくて、どうなんです」

「……助けて欲しかったのよ」

闘一がうつむく。肩を窄《すぼ》め、ぐすりと洟《はな》をすすりあげる。ちょっと艶っぽい。本人が意識しているのかしていないのか、色香が零れ落ちる。

「そうなんです。先生、わたしに助けて欲しいって……」

美菜子はぼさぼさになった髪を掻《か》きあげた。色香なんて薬にしたくてもないだろうと、思う。

「助ける？　先生、ミーナに何を助けて欲しかったんですか」

「そりゃあ、いろいろと……。佐伯さんじゃないと駄目なことよ」

わたしじゃないと駄目なこと？　何だろう。

美菜子は一歩、前に出た。

「先生、わたしにできることがあるんですか」

「だから、佐伯さんじゃないと駄目なの。あたし、ずっと佐伯さんに会いたくて。でも、家から外に出る気がしなくて。家どころか、このところ部屋から出るのも億劫《おっくう》なの。それで待ってたのよ。で、佐伯さんの声が聞こえたから、あたし、嬉《うれ》しくて。それで、つい、抱きついちゃって。確かにやり過ぎたわよね。驚かして、ごめんなさい。でも、ほんとに佐伯さんに会いたかったのよ」

素直に謝られるのも求められるのも、面映《おもは》ゆい。でも、恥ずかしがっている場合ではないようだ。

日向に向かって、ゆっくりと頷いてみせる。

日向も頷き返した。ぱんと一つ、手を打ち合わせる。

「はい。みんな、撤収。ここはミーナに任せます。それぞれの仕事に戻って。時間がないから、速やかに働くこと」

すでに、杏奈と初哉の姿は消えていた。唇を尖らせたまま、樹里も部屋から出て行く。日向がもう一度、美菜子に向かって首を縦に振った。

ドアが閉まる。

部屋の中に、美菜子は闘一と二人きりになった。

「では、先生」

床に正座する。

「お話を伺います。聞かせてください。わたしにできることって、何ですか」

闘一も美菜子の前にきちんと座った。

「佐伯さん、ありがとう。ほんとに力になってくれるのね」

「はい。できる限りお役にたちます」

ふいに、闘一が笑った。唇の端を持ち上げ、にやりと笑った。

背筋がぞくりとした。

何だかとても、剣呑《けんのん》な笑みだ。

「じゃあね、佐伯さん」

剣呑な笑顔のまま、闘一がすり寄ってくる。上質のコロンの匂いがした。

「あなたの話を聞かせてちょうだい」

「わたしの話？　わたしの話って、どんな話ですか」

「殺人よ」

そう言って、闘一はまたにやりと笑んだ。

「あなたの殺人の話、全部、聞かせてちょうだいな」

「は……」

口を半開きにして、美菜子は闘一を見詰める。闘一も美菜子を見ていた。瞬《まばた》きもせず、凝視してくる。

「殺人の話よ、佐伯さん」

カタッ。窓が鳴った。

ふっと見やった窓ガラスに、紅《あか》く色づいた葉っぱが一枚、張りついていた。

殺人の話よ、佐伯さん。

耳にしたばかりの闘一の声が、頭の中でわぁんわぁんと響いている。

口が半開きになる。

大きく目を剝《む》いてしまう。

鼻の孔《あな》も膨らんだかもしれない。

とんでもない間抜け面をしている、とわかってはいるが、引き締められない。「やだ、先生、つまんない冗談」と笑い飛ばすことができないのだ。それでも、何とか、声を出してみる。

「……先生」

「なによ」

「今、殺人とかおっしゃいませんでしたか。いえ、あの……聞き間違いの気もするんですけど……」

「言ったわよ。正確には『あなたの殺人の話、全部、聞かせてちょうだいな』って言ったの」

闘一は一言一言を区切り、指先を美菜子に向けた。透明のマニキュアを施しているのか美菜子よりよほど艶《つや》やかな爪だ。

「……先生」

「なによ」

「わたしをからかっていらっしゃいますか」

「あたしが？　佐伯さんを？　からかう？　どうして、そんな酔狂《すいきょう》な真似、しなくちゃならないのよ。三文どころか一文の得にもならないじゃないの」

「じゃ、冗談を……」

闘一の鼻先がひくっと動いた。

「佐伯さんに冗談を言って、何が楽しいのよ。だいいち、あたしのセンスのいい粋な冗談なんか、佐伯さん、わかんないでしょ」

「はあ……まあ」

確かに冗談を軽く口にできたり、カン良く察せられる性質《たち》ではない。どちらかといえば、生真面目《きまじめ》過ぎて面白みに欠けると自覚している。自覚はしているが、面と向かって指摘されたのは初めてだ。ちょっと、落ち込む。

闘一の方は、美菜子の気落ちした表情などお構いなしだ。

「だから、あたしは本気なの。冗談なんかじゃなくって、本気で佐伯さんの話を聞くつもりなのよ。佐伯さん、あなた、それがどのくらい光栄なことかわかってんの」

「え？　は？　光栄って……」

「まっ、わかんないの。いい、チョウ有名&チョウ人気&チョウベストセラー作家のあたしが、話を聞いてあげるって言ってんのよ。一般庶民の佐伯さんからしたら、ものすごく光栄なことでしょ。買い物の途中でどこかの国の女王に道を尋ねられるぐら

ロ

ゼ

い

る

いの大事件よ」

これは冗談ではない。闘一は本気だ。買い物の途中でどこの国であっても女王に道を尋ねられる可能性は、限りなくゼロに近い。自分と話をするのは、そういう稀有《けう》の経験に匹敵すると、本気で言っているのだ。

知り合った当初、この強烈な自意識と独りよがりの思い込みに、何度も唖然《あぜん》とし、茫然となった。少し慣れたころ、闘一の個性が何ともおもしろく、新鮮だと気付いた。このごろは、一緒にいて楽しいとさえ感じられるようになっている。

よかった。先生、まともだ。

いつも通りの闘一の自意識と独りよがりが混ざり合った一言に、安堵する。

「佐伯さん」

「はい」

「何で、笑ってんの」

「は？　わたし、笑ってましたか」

「笑ってたわよ。にんまりとね。三代目源兵衛が餌にありついたときみたいに。あ、

「そう言えば三代目源兵衛はどうしたかしら。朝から姿が見えないんだけど」

「あ、源兵衛さんなら樹里さんが水槽に戻したと思います」

「あらそう、よかった。あの子も歳だから、大事にしてやらなくっちゃ。樹里はおっちょこちょい娘だから、まさか、踏んづけたりしなかったでしょうね」

心臓がどくんと鼓動を打った。

いえ、あの、源兵衛さんを踏んづけたのは、樹里さんではなくわたしなんです。

美菜子が告白するより先に、闘一が身を乗り出してきた。

「ほら、佐伯さん。さっさと白状するの。隠してても駄目よ」

「あ、はい。すっ、すみません。隠す気はなかったんですが。源兵衛さん、別条はないようでしたから……」

「どうしてここで三代目源兵衛が出てくるのよ。あたし、殺人の話をしてんのよ。佐伯さんの殺人の話」

美菜子は顎《あご》を引いた。

冗談でなく、からかっているわけでもない。とすれば、何だ？　闘一の真意をはかりかねて、美菜子は唇をもごもごと動かすことしかできなかった。

「どうしたのよ、佐伯さん。まさか、とぼける気じゃないでしょうね。さっき、できることなら何でもするって言ったじゃない。あたし、この耳でちゃんと聞いたんだからね」

「いや……、何でもするとは言わなかった気がしますけど……。それに、あの、先生、わたしの殺人とかってどういう意味でしょうか。わたし、誰も殺したりしていませんから」

わたしは、誰も殺していない。

とんでもないフレーズだ。

日常の会話には、まず出てこないだろう。少なくとも、美菜子はこれまで使った覚えがない。

「もう、佐伯さん、笑えない冗談はやめて。あなたね、自分に冗談のセンスがないってこと自覚しなきゃだめよ」

嫌になるほど自覚している。

冗談、機知にとんだ会話、洒落《しゃれ》たたとえ話等々を他人と軽やかに交わせる。そんな能力があったら、どんなにすてきだろう。

闘一が三度、舌を鳴らした。

チッ、チッ、チッ。

「佐伯さんって、ほんと、何の自覚もないのね。困ったもんだわ。冗談が下手なのはさておいて、自分がどのくらい怖い人間か、少しは思い当たったらどうよ」

「怖い？　わたしがですか」

「そうよ。自分の怖さに気が付かない鈍感《どんかん》さが、また、怖いわねえ。おお、怖っ。鳥肌たっちゃう」

闘一が身震いする。芝居じみた仕草だったが、意外に真剣な眼つきをしていた。その眼つきのまま、美菜子の前に顔を突き出してきた。鼻がくっつくほどの近さだ。

間近に迫られると、顔立ちの端整な作りに改めて驚く。以前に、樹里がずけずけと、

「先生って、ナチュラルっぽいメーク、ほんと上手《うま》いですよねえ。メークしてるって思えないのに、ばっちりだもの。一度、教えてもらわなくっちゃ」

と、言ったことがある。闘一はさも不愉快そうな、しかし、どこか得意げな表情になった。

「ふざけんじゃないわよ、小娘。あたしの使ってるお化粧品は、チョウお高いの。あ

んたたち庶民に手の出せる代物じゃないわよ。あたしぐらいのチョウ人気&ベストセラー&有名作家クラスじゃないと無理なの。それに、いくら化粧したって、土台が悪いとなーんにもならないから。湿地帯に家が建たないのと同じ理屈よ。ちゃんと整った顔があってこそ、化粧が映えんの」

「うわっ、自分で言ってりゃ世話ないわ。やだね、謙虚さのかけらもない人って」

「お黙り。あんただって、謙虚なのは顔の作りだけでしょ」

「先生、それどういう意味よ」

「まんまよ。よかったわね、顔だけでも控えめで」

この二人の言い合いは毎度のことなので、余程目に余らない限り、日向も止めに入らない。

美菜子も樹里と闘一のやりとりは仲の良い兄妹の、遠慮ないやりとりに近いと理解してから、はらはらしなくなった。ただ、闘一が化粧をしているという事実には、少し驚いてしまった。まったく、そんな風に見えなかったのだ。

今、僅か数センチの距離に迫られても、化粧を施しているようには見えない。

「佐伯さん！」

「あ、はい」

「幾らあたしが美人でも見惚れないの。あたしより、佐伯さんの方がずっと特異なんだから」

美菜子が返事をする前に、闘一は早口で付け加えた。

「特異ってのは、他のものとても異なっているって意味の方よ。得手不得手の得意じゃないからね」

「他のものと異なっている……、わたしがですか？」

「そうよ。普通じゃないわよね。気が付いてないでしょうけど」

「まったく、わかりません。わたしは……」

平凡で、ごく普通で、全てが平均値の枠内にすっぽり納まってしまう。その他大勢の内の一人だ。容姿も、人生も、過去も未来も。自分はそういう人間だと思っている。思い違いなんかじゃないはずだ。四十年近く生きてきたけれど、その間に特異なことなど何一つなかった。これからも、起こるわけがない。起こることを望んでもいない。

平凡で、普通で、その他大勢の一人で十分だ。家族がいて、仕事があって、仲間に出会えた。十分すぎるぐらいではないか。

「ああ、もう、ほんとイライラしちゃう」

突然、闘一が髪の毛を掻き毟《むし》った。

「佐伯さんの鈍《にぶ》さには、もうほんと、うんざりしちゃう。そこが美点と言えないこともないから、余計、始末が悪いわ。まぁでも……自分が殺人体質だなんて気が付く人、あんまり、いないかもね。あ、でもでも、殺人体質の人自体があんまりいないわけよ。そーいう意味で、あなたは特異な人なの、佐伯さん」

殺人体質。

またまた、耳慣れない言葉を聞いてしまった。

「先生、それ……あたしが殺人を犯しやすい性質だと……」

「違うわよ。佐伯さんみたいな鈍で不器用な人に、殺人なんてできるもんですか。殺人て、そうそう簡単にできるもんじゃないのよ。ドラマでさ、よくあるじゃない、かっとなって、石とかクリスタルの灰皿で頭をガツンとやるの。あんなことで、滅多に人は死なないから。ぼんぼこ殴りつけないと、無理無理無理。佐伯さん、とってもできないでしょ」

ぼんぼこどころか、他人を殴ることさえ無理だと思う。娘の香音《かおん》の頰《ほお》を打っただけで、落ち込んでしまうのだ。

「佐伯さんはね」

不意に闘一が立ち上がり、歩き始める。部屋の中をぐるぐると回り出したのだ。闘一の行動は、いつも少し、唐突だ。

「殺人は犯さなくても、殺人を呼び寄せるのよ」

言うことも、少し、いや、かなり突拍子もない。

「あたしにはわかるの。佐伯さんの周りには、殺人者、殺人事件が集まってくるのよ。腐乱死体に蠅《はえ》が集まってくるみたいに、あるいはあたしにファンが群がるようにね」

ファンを蠅と一緒にするのはいかがなものかと思ったけれど、黙っていた。話の腰を折ると、闘一はものすごく不機嫌になる。

マグカップ、紙屑《かみくず》多数、新聞紙、空き缶、空き瓶、人の頭蓋骨（プラスチック製レプリカ）、犬歯の発達した動物の頭蓋骨（本物？）、血だらけの足首（おそらくゴム製）、ナイフの突き立った林檎《りんご》（本物？）、翁《おきな》の能面、けん玉、髑髏《どくろ》のラベル付きペットボトル（三分目ほど中身が入っている）……、様々の物が散乱する床を闘一は、それらを蹴散らしながら歩いていた。

頭蓋骨が転がって、美菜子の膝にあたった。

埃《ほこり》だらけだ。

エプロンのポケットから雑巾を取り出し、拭く。水洗いすればもっときれいになるだろう。空き缶と空き瓶は仕分けして、資源ごみの袋に捨てなくては。林檎のナイフは危ないな、ちゃんと片付けておいた方がいい。でも、あれは精巧な作り物かもしれない。だとしたらナイフはくっついているはずだ。それと、あのペットボトルの中身は何だろうか。変な紫色をしている。

「佐伯さん、聞いてるの？　あなたの話をしてるのよ」

「あっ、はい。もちろん聞いてます。でも、あの、お言葉ですが、先生は考え違いをしていらっしゃるようですけど……。わたしの周り、殺人事件なんか起こったことないし、殺人犯になった人も知りませんから……」

「忘れているだけよ」

「身近で殺人事件なんて衝撃的な出来事があったら、忘れるわけありません」

「じゃ、気付いてないの」

闘一が足を止め、美菜子を見下ろしてくる。

なさい」

「殺人事件に遭遇したのに、佐伯さん鈍いから気が付いてないのよ。ほら、思い出しなさい」

「そんな無茶苦茶な」

「締切が明後日なのよ」

闘一がヒステリックに叫ぶ。

「しかも、マジでぎりぎりの締切。明後日までに原稿五十枚書けなかったら、どうなると思ってんの」

「え？　あ、あの、ど、どうなるんですか」

「原稿、落としちゃうのよ。あたしの連載が『読書天国』に載らなくなっちゃうの。わかる？　もう、大変な騒動になっちゃうのよ」

「そ、そうなんですか」

闘一の言う大変な騒動が、どういうものなのか見当がつかない。美菜子は、『読書天国』という雑誌を読んだことがなかった。手に取った覚えもない。新聞の広告欄でその名を目にした……ような気はするが。

「あたしの作品目当てのファンが大勢いるの。その人たちがどれほど、落胆すると思う？　大切な、大切なファンを落胆させるなんて最低でしょ」

さっき、そのファンを蠅と同列に扱ったはずだが、闘一の中ではまるで矛盾《むじゅん》はないらしい。

「もしかしたら、ファンが怒りのあまり暴動、起こしちゃうかもしれないわ。書店に火をつけたり、出版社を襲ったり、そんなことになったら一大事でしょ」

「はあ……でも、さすがにそこまでは……」

「可能性はあるの！　愛はいつだって憎しみや暴力に変わるんだから。しかも、わりに簡単にね。もともと、そういう性質を持ってるものなの。可愛さ余って憎さ百倍ってのは、真実なのよ。愛情が強ければ強いほど憎しみも大きくなるの」

美菜子は目を瞠《みは》り、闘一を見詰めた。

愛は容易《たやす》く憎しみに変わる。

誰かに同じようなことを言われはしなかったか。誰かに……。

「どうよ、佐伯さん、困るでしょ。ほんと、困るでしょ」

「は？　わたしが、ですか？」

「そうよ。世の中を騒がしたら騒乱罪で、あたし、逮捕されるかもしれない。あたしが警察に捕まるのよ。犯罪者にされちゃう。そうなったら、佐伯さん困るわよね」

闘一の話は、あまりに飛躍《ひやく》が多く、理解できない。日向なら、はいはいと適当に相《あい》槌《づち》を打つなり、「先生、おっしゃってることが支離滅裂になってます」とぴしりと指摘するなりできるのだろう。

どちらもできない美菜子は、黙り込むしかなかった。

「そうならないために、協力してよ。あたし、これ以上、佐伯さんを困らせたくないの」

「あの、つまり、わたしに五十枚書けるネタを話せと……」

「そうそう。やっと、飲み込んでくれたわね。やれやれよ」

闘一が息を吐いた。美菜子は、小さくかぶりを振る。

「でも、先生、わたし本当に殺人事件なんて縁が」

闘一の指が美菜子の唇を押さえた。

「しゃべらないで、考えて。いえ、思い出してよ」

思い出す？　何を思い出せばいいのだろう。

「佐伯さんは気が付いていないだけ。あなたの周りで、不審な死に方をした人が必ずいるはずよ。二、三十人はいるんじゃない」

「そんな……」

指先に力が加わる。唇が少し痛い。

「目を閉じて、よぉく考えて。死んだとはっきりわからなくてもいいの。例えば……そうね、ある人がある日、ふっと消えちゃったとか、いつの間にか姿が見えなくなったのに誰も行く先を知らないとか、そういう経験、ない？」

目を閉じる。

考える。

ある日、ふっと消えてしまう。

いつの間にか姿が見えなくなる。

誰も行く先を知らない。誰も……知らない。

「あっ」

あの人は……、そうだ、あの人は……。

「あら、佐伯さん。心当たりがあるの？」

闘一の目がすっと細くなる。

はい、あります。

と答えようとしたとたん、硬い歯応えがあった。

「ぎゃっ」

闘一が悲鳴を上げた。

「いたっ、痛い」

指を握り込み、後ろによろけ、本棚にぶつかる。コントの一場面のようだ。乱雑に積み上げてあった本が雪崩《なだ》れ落ち、闘一の頭を襲った。

「きゃあ、きゃあ、きゃあ」

「ひえっ、せっ、先生」

「痛い。やだ、痛すぎて死んじゃうかもしれない。いたーぃ」

「だいじょうぶです。瘤《こぶ》になってませんから。血も出てないし、たいしたことないですよ。しっかりしてください」

「この、あほっ。誰が頭の話をしてんのよ。指よ、ゆ・び。何で、いきなり噛《か》みついたりすんのよ。しかも、ものすごい力で」

「あ……すみません。くっ、口を開けたとたん、指が入ってきたものですから……」

「あんたが急に口を開けるから、滑《すべ》り込んじゃったのよ。まったく、あんた、イヌ科の生き物なの。何でやたら嚙みついてくるのよ」

「嚙みつくなんて、そんなつもりはなくて……」

「お黙り！」

闘一の一喝に、美菜子は身体を竦《すく》ませた。

「チョウ人気&ベストセラー&有名作家の指を食い千切ったりしてごらんなさい。ただじゃすまないわよ。ものすごい額の補償金を支払わなくちゃならなくなるわよ。わかってんの」

「あ……すっ、すみません。補償金なんて無理だと思いますので」

「ふん、わかってるわよ。一般庶民に払える額じゃないんだから。それに、あたしは人徳者だから無理やり取りたてたりしないわよ。で、佐伯さん」

「はい」

「あなたの周りにいたわけね、突然、消えちゃった人」

闘一が身を乗り出してくる。口元には笑みが浮かんでいるが、眼は笑っていない。

「はい……。もう十五、六年も前になりますけれど、知り合いのご夫婦の……」

「夫婦で消えちゃったのね」

「いえ。旦那さんだけです。日曜日に普段着のまま家を出て、そのまま帰ってこなかったらしくて……」

闘一の眉が寄った。露骨に白けた表情になる。

「なあに、それ。ただの家出話？　蒸発者なんて、珍しくも何ともないわよ。全国で毎日、どれくらいの失踪《しっそう》届けが出されてるか知ってるの」

「いえ、知りません。どれくらいなんですか」

「あたしだって知らないわよ。ともかく、旦那の失踪なんて、ぜーんぜん、おもしろくないわ。がっかりよ」

おもしろい、おもしろくないの問題だろうか。少なくとも、美菜子はあのとき、おもしろいなんて微塵《みじん》も感じなかった。いささか戸惑いはしたけれど。

それにしても、人は忘れるものだ。

当時、あんなに心騒ぎ、不思議にも不可解にも感じていた事件をきれいに忘れていた。

その後の美菜子は、香音と大吾《だいご》。二人の子を出産し、子育てに追われ、住宅ローンの返済や家計のやりくりに悩み、それでも、子どもたちが笑えば、覚束《おぼつか》ない足取りで歩き始めれば、抱きあげた身体から日の匂いを嗅《か》げば、ああ幸せだなと心底感じ生きてきた。平凡で、ささやかで、目まぐるしいほど忙しい日々の中、あの事件はいつの間にか記憶の底に沈んで、見えなくなっていたのだ。

けれど、完全に忘却したわけではなかった。闘一の問い掛けに刺激され、浮かび上がってきた。

「まあ、でも、佐伯さんの話だから、ただの家出物で終わるわけないわよね。ね、そうでしょ。終わらないわよね」

「え？　あ、はあ……どうでしょうか。ただ、その、違和感を覚えたのは確かで……」

「違和感？　誰によ」

「伊世子《いよこ》さん……あの、奥さんの名前なんですけど。伊《い》豆《ず》の伊に、世界の世と子どもの子で」

「名前の漢字なんてどうでもいいの。佐伯さんて、ほんと、話がもたつくわねえ。要領よく、かつ、盛り上げながらしゃべるって才能がないのよねえ。この際だからはっきり言っちゃうけど、作家には向いてないわよ。お気の毒」

作家になりたいなど、露ほども望んでいない。ただ、話の要領が悪いのは自覚しているから、美菜子はつい目を伏せてしまった。

「それで、その伊世子って女にどんな違和感を覚えたわけ」

「笑ってた……ように見えたんです」

「笑う？」

「はい。旦那さんがいなくなって間もなくだと思うんですけど、あたし、たまたま笑っているところを見てしまって……。あ、笑うと言っても声を上げてとか、楽しそうにとかじゃないんです」

「でしょうねえ。旦那がいなくなったのに大笑いしてたら目立つものねえ。普通、笑いたくても笑わないでしょうね。で、どんな風に笑ってたわけ」

「はい、えっと……微笑《ほほえ》むって感じで、でも、口の端がちょっと吊りあがってたようで……少し、俯《うつむ》き加減でしたけど……」

「こんな具合？」

闘一が俯き、薄く笑う。

「あ……似てますけど、そこまで、気味悪くはなかった気がします」

「ちょっと、誰に向かって気味悪いなんて言ったのよ。あたしの美貌が見えないの」

「ひえっ、すみません、すみません」

「まあ、いいわ。ともかく佐伯さんは、伊世子を疑ってるわけね。旦那は失踪したわけじゃなく、妻に殺されたんだと」

「いや、そこまでは思ってません」

「嘘《うそ》おっしゃい。絶対に疑ってるわよ。伊世子が旦那を殺して失踪したように見せかけた。そう思ってんでしょ」

「いや、伊世子さんが殺したってことは、ないと思います。旦那さん、間もなく帰ってこられましたから」

「はぁ？　帰ってきたぁ？」

「はい。でも、また、すぐにいなくなっちゃって……。伊世子さんも家に閉じこもるようになって……、あの、でも、わたし、間もなく引っ越ししてしまったんです……」

「それで？」

「それだけです。わたしが引っ越しをした後に、伊世子さんも引っ越しされたとか……。

それでもう、会うこともなくなって……」

「はあ？」

闘一がわざとらしく顔を歪《ゆが》める。

馬鹿にすんじゃないわよと、顔つきで怒っているようだ。

「それだけ？　んなわけないでしょ。それじゃ、まったくもって普通じゃないの。ただの失踪癖のある男と男に翻弄《ほんろう》された女の話よ。そんなもの、雨後の筍《たけのこ》、梅雨時の黴《かび》よ。うじゃうじゃ生えてんだから。ミステリーの題材になんてなりっこないわ」

闘一は放り出すような言い方をした後、横目で美菜子を見やった。いかにも底意地の悪い視線だった。

「佐伯さん、あたしに隠し事してるでしょ」

視線がさらに意地悪く、尖《とが》ってくる。

「隠し事なんて滅相もない。先生に消えた人って言われて、ふっと浮かんだのが伊世子さんのことだったので……」

「ふっと消えてしまった人って、言ったのよ。正確に覚えててよね。でさ、旦那が二度、いなくなった。それだけの話……ってわけじゃないわよね。その程度で、佐伯さんが拘《こだわ》るわけないもの。もっと奥があるんでしょ。もっと奥が」

夫が二度までも失踪したことをそれだけの話と言い切るなんて、できない。大変な事件だと思う。ただ、単純な話であることは否めない。そこに謎も不思議も不可解も存在しないはずだ。けれども当時も記憶がよみがえった今も、美菜子は謎を感じる。不思議や不可解な思いに、心が揺れる。

なぜだろう？　なぜだろう？　なぜだろう？　なぜだろうか？

わたしは何に拘っているの。伊世子さんへの違和感だけじゃないはずで……。

「まあ、いいわ」

闘一が音を立てて、手を打ち合わせせる。

「この話は時間があるときに、ゆっくり聞かせてもらいましょう。これ、あたしの勘だけどさ、けっこう、おもしろくなりそうな気がするわ。とりあえず、今回の課題はクリアーできそうだし。佐伯さんのおかげでもあるけど、やっぱ、あたしって天才なのよね。うーん、もりもり書けそうな気分よぉ」

闘一の頬が上気する。眸《ひとみ》が煌《きら》めく。

さっきの憔悴《しょうすい》しきった様子が、幻だった如くだ。

「先生、じゃあわたしの話、役に立ったんでしょうか」

「話って、さっきの、従兄弟《いとこ》だか再従兄弟《また》だかのこと」

「……伊世子さんの話です」

「あれね。だから、おもしろくなる予感はするんだけど、まだ、どうとも決められないわねえ。だいたい、佐伯さんの話、おおざっぱ過ぎて肝心なところが見えてこないんだもの。正直、まったくもって役には立たなかったわ。でも、佐伯さんは、役に立ってくれたわよ。十分に」

話はつまらなかったが、美菜子は役に立った。

どういう意味だろうか。

「あのね、あたし、大事なシーンで書きあぐねてたの。あたしみたいな天才でもスランプって、あるのよねえ。まあ、そうでもなきゃあ、あまりに不公平よね。この美貌と才能に加えてスランプ知らずなんて、天の神さまのえこ贔屓《ひいき》が過ぎるってもんよ」

「はあ……」

「そのシーンってのが、主人公、元警官で今はお弁当屋さんでパートしている主婦って設定なんだけど、その女がさ、いきなり見知らぬ男から『おまえの犯した殺人事件を知っている』って言われるものなの。ね、すごくない？　これ冒頭部分なのよ。ごく平凡なごく普通の主婦がさ、突然、殺人犯だって言われちゃうの。ぞくぞくするでしょ。摑み、ばっちりでしょ」

　闘一の指が何かを摑むように握り締められる。

「でもねえ、主人公のリアクションがいまいち、上手く書けなくてさ。書いても書いても嘘っぽくなっちゃうの。あたし、さすがに焦っちゃって。で、そこで思い出したのが、佐伯さんなの。佐伯さんなら、どんなリアクションするか、ぜひ試してみたいって。それで、即行、ＴＨＫに電話したわけ」

　え？　え？　え？　え？

「先生、もしかしたらですけど……」

「なによ」

「もしかしたら、必要だったのはわたしの話じゃなくて……」

「佐伯さんが、どう反応するかだったの。うん、でも、すごく刺激的だったわ。あのぽかんとした間抜け面や、必死に思い巡らせる表情、ぎこちない動き。うーん、やっぱり佐伯さんって最高。あたしの天才の潤滑油よ。あ、でも、今日の役目はここまでだから。はい、ご苦労さん。もう、去ってくれていいわよ」

「え？　あ、そっ、そうなんですか」

「はい、ばいばいばーい。あたし、これからばりばり書いちゃうから。邪魔しないで。ほら、さっさと出て行って」

「あ、でも、この部屋のお掃除は……」

「そんなもの、どうだっていいの。もう、佐伯さん、ほんと邪魔よ。あたしの仕事を妨害する気？　出版社から恨《うら》まれても知らないわよ。ほら、それこそ、とっとと消えてちょうだい」

廊下に押し出される。背後でドアが閉まった。閉まったドアはすぐに開き、闘一が階下を指差す。

「他の連中、とくにあのうるさい小娘には、絶対近づくなって注意しといて。わかったわね」

「は、はい。伝えておきます」

ドアが勢いよく閉められた。施錠《せじょう》の音が響く。

「ミーナ」

階段を下りると、リビングの入り口から樹里の顔が覗《のぞ》いた。

「先生、どう？」

「お仕事にとりかかられました。あの、誰も近づくなって」

樹里が短く口笛を吹く。

「へえ、てことは、先生、ほんとに調子に乗れそうなんだ。さっすがぁミーナ、先生をあっさりスランプから脱出させたわけだ。どんな手を使ったわけ？」

「いえ、とり分けなにも」

「またまたぁ、謙遜《けんそん》しすぎだよ。これからは、ミーナ、スランプのたびに呼ばれちゃうんじゃないの」

それは、ちょっと勘弁してもらいたい。

闘一といると、楽しくも刺激的でもあるのだが、疲れる。闘一が一方的に捲《まく》し立てるからではない。突拍子もない質問や要求を突きつけられるからでもない。

美菜子の奥底に眠っていた記憶を呼び覚ますからだ。呼び覚まされた記憶は、もう忘却の彼方に隠れようとはせず、美菜子の中で不鮮明なまま居座り続ける。

伊世子さん、笑っていた。確かに……。旦那さんが、行方知れずになったというのに、笑っていた。旦那さん……ちょっと変わった苗字《みようじ》で……そう、西国寺《さいこくじ》、西国寺充《みつ》夫《お》、そんな名前だった。あの人、帰って来てからどうだったんだろう。あれ？　わたし、伊世子さんに最後に会ったのいつだったたっけ……。

「ミーナ？」

樹里が覗きこんでくる。

「どうした？　だいじょうぶ？　先生に、何か言われた？」

「あ、ううん。何も。リビング、手伝います。もう、バキュームかけていいですか」

「うん、頼む。じゃあ、あたし、廊下掃除に回るから、拭き掃除もお願いね」

「了解です」

床の塵《ちり》を吸い込んだあと、雑巾を何枚も使い、ぴかぴかに磨いていく。合成洗剤は使わない。クエン酸水を含ませた布で床を丁寧に拭いていくのだ。気持ちがいい。小さな快感がすうっと心の中を滑っていく。

これが、わたしの仕事だ。

額に浮かんだ汗を拭《ぬぐ》い、美菜子は大きく息を吐いた。

記憶にひとまず蓋《ふた》をして、身体を動かす。

その蓋の間から、ちらりちらりと眼が覗く。伊世子の眼だろうか。

幻影を振り払い、美菜子はひたすら床を磨き続けた。


アルバムを閉じる。

青いフェルトを表紙に貼っているアルバムは、どことなく古臭く、あか抜けない。その分、素朴《そぼく》な温かみがあって、抱きしめたいほど愛《いと》おしくなる。

愛おしいのはアルバム本体だけでなく、中身もそうだ。いやむしろ、そちらの方がずっと愛おしい。愛おしいし、懐かしい。

若いころの美菜子がいた。

夫の慶介《けいすけ》と二人並んで写っているものもある。長い髪をなびかせて、白いワンピースを着て、はにかんだように笑っている。

このウエストの細さはどうだろう。紅《あか》いベルトがきゅっと締まって、確かに腰があるのがわかる。それに肌も髪も艶やかだ。

うわぁ、若かったんだなあ、わたし。

ページをめくると、マタニティ姿の美菜子がせり出したお腹に手をやって、微笑《ほほえ》んでいた。少し得意気な笑顔だ。

そうそう、こんなマタニティドレス、着てた着てた。確か大吾のときにも着てたな。脇にゴムがついたジャンパースカートだ。臨月にはゴムの部分が伸び切っていた。

次のページで、美菜子は母になっていた。

病院のベッドの上に少し疲れた、でも、満ち足りた表情で横になっている。傍《かたわ》らにはピンクのタオルに包まれた赤ん坊が眠っていた。

長女の香音だ。

赤ん坊の柔《やわ》らかさ、仄《ほの》かな香り、寝息の儚《はかな》さ。

不意にそんなものを思い出した。授乳していたときの乳房の張りや重さ、熱までもよみがえってくる。

そうそう。香音はお乳を吸うのが下手で、苦労したのよねえ。でも、小さな口で一生懸命におっぱいにむしゃぶりついて……、可愛かったなあ。

赤ん坊は赤ん坊なりに必死で生きようとする。紅葉《もみじ》の葉よりまだ小さな手を母に差し出し、生きたいと訴える。

その幼気《いたいけ》な姿に何度、目頭を熱くしただろうか。

だいじょうぶよ、ママがついているから。何があってもママがあなたを守るからね。

だから、安心して、お休みなさい。

腕の中の香音に語り掛けた。

あの至福、あの満足、あの想い……。忘れていた、いつの間にか。

「なにしてんの」

無愛想な声に、顔を上げる。

香音の視線とぶつかった。

香音は三十分ほど前に帰宅していた。手を洗い、冷蔵庫の牛乳を一気飲みしてから、二階の自室に上がっていった。

その間に発したのは、「ただいま」と「今日の晩御飯、なに?」と「ふーん」の三言だけだ。「ふーん」が言葉の範疇《はんちゅう》に入ればだが。

もともと口下手で、はにかみ屋だったが、中学生になったころからさらに口数が減った。会話が成り立たないほどではないが、弾みはしない。だから、学期末の三者面談の折、担任から「香音さんは、明朗快活で協調性があって、友人も多いですね。もう少し積極性があれば満点ですけどね」と告げられたとき、仰天に近い思いがした。

明朗快活？　協調性？　たくさんの友人？

家庭での印象とは、ずい分隔《へだ》たりがある。そして、家庭での姿が本当の香音だろう。


「香音。あなた、無理してない」

三者面談の夜、夕食の片付けをしながら尋ねてみた。

「無理って？」

ポップコーンを口に放り込んでから、香音は少しだけ顔を母親に向けた。その眼を覗《のぞ》き込む。

「学校で無理をしていないの。だから……えっと、例えばね無理して友だちに調子を合わせてるとか、無理に笑ってるとか、はしゃいでいるとか……そういうの」

「してるよ」

あっさりと肯定される。香音の口調には、それがどうしたとの響きがあった。突っかかって来る険《けわ》しさも含まれていた。

それがどうした？　それが何なの？

思春期の娘の口調に一々腹を立てたり、驚いていては母親業は務まらない。美菜子はエプロンで手を拭いて、息を一つ吐《は》いた。

「やっぱり、無理をしてるのね」

「まあね」

「疲れない？」

「別に。みんな、やってることだし」

「え？　みんな周りに合わせて、笑ったりしゃべったりしてるの」

「そうだよ。それができるから、みんな一緒にいるんじゃない。たまにいるけど……、上手く調子が合わせられない子。昔は、えっと、ほら……あ、ＫＹだ。ＫＹとか言ってたんでしょ。そういう子は仲間に入れないから。入ってきても居場所がないんじゃないかなあ」

怖ろしいことを、さらりと口にする。

「居場所がなかったら、どうなるの」

「そりゃあ……一人でいるか、同じような子とつるむかじゃないの。あ、でも……一人でいる子が多いかなあ」

美菜子は言葉に詰まり、唇を結んだ。

自分を周りに合わせ仲間といることと、自分を保ちながら一人でいること。どちらが幸せなのかと考えてしまう。

ぷはっと、音がした。

香音が噴《ふ》き出したのだ。

「やだ、ママったら、変な顔」

「え？　変な顔って」

思わず頰《ほお》に手をやる。

「急に難しい顔しちゃって。今さ、このごろの中学生は大変だわなんて、思ったでしょう」

〝このごろの中学生は大変だわ〟のところは、美菜子の口真似のつもりなのか少しぽってりした物言いをして、香音は立ち上がった。

「ガッコ、嫌なこともあるけど、キホン楽しいよ」

真顔で告げる。

「それに、あたしたち、周りに合わせてばっかじゃないから。よくドラマや小説に出てくる中学生みたいにさ、相手の顔色をうかがって、びくびくしながら生きてるわけじゃないよ。あれ、少し、デフォルメし過ぎ。あたしたち、気は遣うけど、それが心地いい！　ってときもあるから。それに、ほんとうに言いたいことが言える友だち、ちゃんといるし」

「そうなの」

安堵《あんど》する。胸の内を打ち明けられる誰かが香音の傍らにいてくれるなら、幸せだ。顔も名前も知らない誰かに、感謝したい。

「母さん」

「うん？」

「あたしに、あんまし拘《かか》わってこないでね」

ぴしゃりと言い渡して、香音はリビングから出て行った。

久々に会話ができたと思ったら、これだ。まったく、中学生の扱い辛いことといったら、野生のライオンを飼育する方がよほど楽なんじゃないだろうか。やっぱり、少し腹が立つ。

それでも、さっきの安堵感は胸の内に残っていた。

香音が辛くないなら、苦しんでいないなら何よりだ。どこで生きても、何歳になっても、相応の不幸や苦しみはついてまわる。ときにそれらを上手くあしらい、ときに蹴散《けち》らし、ときに負けそうになりながら人は生きていく。香音は、そのことを察しているのかもしれない。母の美菜子が案ずるより、ずっと、したたかに逞《たくま》しく、歩いて行くのかもしれない。

美菜子は、香音の閉めたドアを暫《しばら》く見詰めていた。

香音は私服に着替えている。裾からレースの覗いた黒いトレーナーに赤いチェックのスカート。黒に赤くローマ字ロゴの入ったハイソックスを穿《は》いている。

「あら、お洒落《しゃれ》してお出かけ？」

「塾だよ。今日、塾の日でしょ」

「あ？　そうだったね。ごめん、忘れてた。お腹空《す》くでしょ。お握りか何か持って行く？」

「いいよ。コンビニで買うから。お金、ちょうだい」

「だめよ。そんな無駄遣い、だめです。ご飯、炊けてるんだから。すぐにお握り、作ります」

「ケチ。じゃいらない。親の手作りお握りなんか、恥ずかしくて持って行けないよ」

「なんで。親のお握りが恥ずかしいのよ」

「知らない。でも、みんなコンビニで買ってるもの」

ため息が零れそうになる。

香音はちらりとテーブルの上を見やったが、何も言わなかった。中学入学と同時に、伸ばし始めた髪を右手でそっと掻き上げる。もう肩に触れるほどの長さだ。部屋でブラッシングしていたのか、艶やかさが増している。

「それにしても、ずい分、気合いが入ってるじゃない。塾に行くのにそんなにお洒落する必要あるの」

何気なく尋ねる。

「こんなのお洒落の内に、はいんないよ。普段着だよ、普段着」

心なしか頰を染め、吐き捨てるように言う。美菜子が受け答えする前に、ひょいと顎をしゃくった。

「アルバムなんか見てたの」

話題を逸らしたいのが明らかな、唐突な問いかけだった。　服装には触れない方がいいらしい。

「あ、うん。ちょっとね。昔の知り合いの写真がないかと思って……。でも、家族写真が懐かしくて、ついついそっちを見入っちゃったよ」

「知り合い？」

「うん。この家に越して来る前に住んでたところのご近所さん。その人の写真がないかなぁって……」

「なんで、そんな写真を捜してんの？」

「それは、その……ちょっと、急に、気になったというか……」

「ふーん」

香音は、古いアルバムにも母親の話にも興味を失ったらしく、いや、もともと興味などなかったようで、冷蔵庫からヨーグルトを取り出し、食べ始めた。乳製品の好きな子だ。

「西国寺さん、写ってないか」

独り言を呟いて、アルバムの表紙を撫《な》でてみた。指先に毛羽立ったフェルトの感触が伝わる。

バタン。

冷蔵庫のドアが音をたてた。美菜子が思わず振り返るほど、大きな音だった。

ヨーグルトのカップを手にしたまま香音が、こちらを見ている。口の端にプレーンヨーグルトがついていた。

「香音、どうしたの?」

「ママ、今、何て言った?」

母娘の声が重なる。

「ねえ、何て言ったのよ」

香音が苛立《いらだ》つ。ヨーグルトのカップを投げつけられそうな気がした。親に物をぶつけるほど荒れてはいない。確信できるが、妙に苛立っているのは確かだ。

「何てって……、西国寺さん写ってないかなって言っただけよ」

「誰よ、西国寺さんって」

「香音、いいかげんにしなさい。その言い方はなに?　ものを尋ねるなら尋ねるような言い方があるでしょう」

香音は唇を尖らせ、黙り込んだ。

「西国寺さんは、さっき言った昔の知り合いの名前よ。あなたが生まれる前にいたN町で親しくしていた人なの」

一瞬、西国寺充夫の失踪事件までもしゃべりそうになった。口をつぐむ。

娘とはいえ、興味本位で話す類《たぐい》のものではない。

「あなたはどうして、西国寺さんのこと聞きたかったの?」

「別に……聞きたいわけじゃないけど……」

「そう? でも、ママが西国寺さんの名前を出したとたん、すごい興奮したみたいだけど」

「興奮なんかしてないよ。やめてよ、興奮したなんて。あたし、怒ったゴリラみたいじゃん」

怒ったゴリラ。香音の譬《たと》えがおかしくて、つい笑ってしまった。その隙をついて、

「あっ、もうこんな時間。遅れちゃう。じゃあ行ってきまーす」

と、香音は駆け出した。わざとらしい陽気な挨拶を残し、玄関から飛び出していく。

美菜子はリビングに佇《たたず》み、遠ざかる足音に耳を傾けていた。

あの娘《こ》は何を隠しているのかしら。

考えても、わからない。

我が子がやけに遠く感じる。

秘密を持つほどに大きくなったのかと思う。

ひたすら美菜子を求めてくれたあの赤ん坊は、いつの間にか少女となり、母親の手から飛び立とうとしている。

遠くへ、遠くへ、行ってしまう。

何だか淋しい。とても淋しい。淋しいけれど、爽快《そうかい》だ。

親という役目が終わったとき、わたしはどんなわたしでいるだろう。

自分の未来に思いを馳せる。

働いていたいな。

THKで、ばりばり働いていたい。プロのハウスキーパーとして、自他ともに認められる者でありたい。

「よし、やるぞ」

気合いを入れる。

そう大事なのは未来。過去じゃない。

西国寺夫婦のことは過去のことだ。今更、気にかけても仕方ない。美菜子はアルバムを元通り、棚にしまい込んだ。


「過去は大切よ」

闘一は言った。

「過去をきちんと清算できてない者に、未来なんてないわよ」

カップを持ち上げ、紅茶をすする。

「うーん、やっぱり日向ちゃんのスパイスティーは最高ね。カップが安物なのがイマイチだけど、補ってあまりあるわ」

「ありがとうございます」

日向が笑いながら、頭を下げた。

「突然、用もないのにやってきて、スパイスティーだか何だか出せと騒ぎ立て、カップにまで文句つけて、まあ傍若無人《ぼうじゃくぶじん》ってのは、先生みたいな人のことを言うんですね。わー、傍若無人が服着て歩いてるよ」

樹里がはやしたてる。

「お黙り、小娘。あたしは騒ぎ立ててなんかいないわよ。あんたみたいな下品な人間じゃないんだから。それに、用事があるから来たんじゃないの。今までの話、聞いてなかったの。あたしは用があるの。あんたじゃなくて佐伯さんにね。ねえ、佐伯さん」

「はあ……」

美菜子は、ソファーの上で身を縮めた。

今朝、いつも通りに出勤したＴＨＫの事務所に、闘一はいた。美菜子を見るなり、眉間に皺《しわ》を寄せる。

「遅いわよ、佐伯さん」

「あ、すみません」

とっさに謝ったものの、よくよく考えれば定時の出勤だし、闘一と会う約束をしていたわけでもない。

「チョウ人気&チョウ有名&チョウベストセラー作家のあたしを待たせるなんて、見かけによらずいい度胸してるじゃない、佐伯さん」

「は？　いえ、待たせるなんて……。あの、先生がいらしてたなんて知らなかっただけです」

「まったく、忙しいあたしがわざわざ足を運んであげたんだから、ぴぴっと感じてちょうだい」

すかさず、樹里が口を挟んできた。

「ばっかじゃないっすか。ぴぴっと感じたりしたらミーナ、エスパーじゃないですか。それに、い先生が来てるって感じたら、誰だって逃げ出しますよ。ははは」

闘一が言い返そうとしたとき、日向がスパイスティーを運んできた。それで、闘一の機嫌は文句なく、良くなったのだ。

「『読書天国』の新連載、おもしろくなりそうですね」

「あら、日向ちゃん『殺人鬼の献立表』、読んだの。そうでしょ。大傑作の予感満載でしょ。ていうか、大傑作になるんだけど」

「主人公が突然、殺人犯だと告げられる場面、どきどきしました」

「でしょ。ふふ。あんなおもしろい小説が読めるんだから読者は幸せよねえ。ね、佐伯さん」

「はい？　あ、はい。わたしも読んでみます」

　闘一の突然指名癖にもだいぶ慣れたのか、前ほどおたおたしなくなった。それに、お世辞ではなく『殺人鬼の献立表』、おもしろそうだ。ヒロインは、本当に殺人を犯しているのか、とんでもない濡《ぬ》れ衣《ぎぬ》を着せられようとしているのか。

「で、佐伯さんはどうなのかしら」

「は？　わたしが何か？」

「もう、鈍いんだから。あの話よ。従兄弟みたいな名前の女が出てくるやつ」

「伊世子さんですか」

「そう、伊世子。苗字は……丹波雀《たんばすずめ》だったかしら」

「西国寺です。西国寺伊世子さん。旦那さんは、充夫さんだったと思いますけど」

「あ、そう。西国寺ね。ちょっと変わった名前だこと。丹波雀ほどじゃないけど」

「丹波雀って苗字の方がいるんですか」

「知らないわよ。口から出まかせ言ったんだから。丹波雀はいいから、その西国寺のことだけど、どうする？」

「どうすると言われましても……」

どうにもできないだろう。どうする気も必要もないと思う。

「やだ、何にも考えてないの。信じられない」

闘一の話の展開についていけなくて、美菜子は首を捻《ひね》る。頭の片隅で丹波雀のフレーズがくるくる回り出す。

「でも、もうずいぶんと昔の話ですし……」

紅茶のカップに手をやり、闘一は微かにかぶりを振った。そして、言ったのだ。

「過去は大切よ。過去をきちんと清算できてない者に、未来なんてないわよ」

そういうものだろうか。

そうは思えない。

未練やら後悔やら思い出やら、みんな過去をぐじぐじと引きずりながら生きているのではないか。さっぱり、あっさり、清算できないから、過去は愛おしいのではないか。

そんなことを考えていたら、闘一に件《くだん》の突然指名をやられた。

「……あんたじゃなくて、佐伯さんにね。ねえ、佐伯さん」

「はあ……」

ちゃんと聞いていなかった。ソファーの上で身を縮める。

「あら、聞いてなかったの」

「すみません」

「もう、しっかりしてよ。これは殺人事件なのよ」

「はい？　殺人……」

「事件。伊世子は夫を殺してるわよ。間違いなくね」

闘一がふふっと笑った。

色っぽい。

色っぽいけど、先生は何を言ってるのだろう。新しい小説の筋書だろうか。

「これは、現実よ。夫の、えっと充夫だったかしら、二度目の充夫の失踪は失踪じゃないわ。単なる行方不明じゃない。殺されて、埋められたのよ。妻の伊世子にね」

顔の前に、ファイルを突きつけられた。新聞のコピーらしきものが挟まれている。

日向と樹里が顔を寄せてきた。

ちょうど一月《ひとつき》前の日付になっているその記事は、土砂崩れの現場から、男性の白骨死体が発見されたというものだった。現場はN町と隣接する市の山間部の辺りだ。

「佐伯さんの話が気になって調べてみたら、ヒットしたのよ。その白骨、西国寺充夫じゃないかしら」

闘一がまた、ふふっと笑い声をたてる。今度は色っぽいより、不気味な感じがした。

まさか、そんな……。

「それは少し、話が飛躍し過ぎですね」

日向がファイルを軽く指で押さえた。

「まるで根拠がありません。あたしは、その西国寺さんとやらの失踪云々《うんぬん》の話は聞いていないので何とも言いようがありませんけど、DNA鑑定も済んでいない白骨死体を誰それと断定するのは無理がありますよ。ええ、完全な勇み足です、先生」

「まっ、日向ちゃんたら意地悪なんだから」

闘一がむくれる。ぷいと横を向いてしまう。

電話が鳴った。ごく普通の、耳に慣れた呼び出し音なのに、飛び上がるほど驚いてしまった。

「あたしが出ます」

日向が受話器を取る。

「お待たせいたしました。ハウスキーピングのＴｅａｍ・ＨＫでございます。はい……、はい、新規のお申し込みでございますね。少々、お待ちください」

事務員の野端月子が用紙とボールペンを日向に渡す。

「それでは、まずお名前とご住所をお願いします。はい、お名前を……はい？　え……」

日向の表情が強張る。めったにないことだ。その表情のまま、美菜子を見詰める。

「あ、失礼しました……。はい、聞こえております。お名前は……西国寺さんでいらっしゃいますね」

闘一が立ち上がる。

カップが倒れ、受け皿とぶつかり派手な音をたてた。

ガタン。

車体が大きく揺れた。はずみで、美菜子の身体も揺れ、バランスを崩した。

「きゃっ、痛い」

闘一が悲鳴を上げる。美菜子の肩が上腕部にぶつかったのだ。かなりの勢いで。

「あ、先生、す、すみません」

「いったいわぁ。もう気をつけてよ。あたしの腕は一般人とは違うのよ。チョウ有名&ベストセラー&高額納税作家の腕に怪我なんかさせてごらんなさい。莫大な賠償《ばいしょう》金《きん》を払わなくちゃいけなくなるんだから。そうなったら困るのは、佐伯さんよ」

「あ……はい。も、申し訳ありません」

「あれ、先生。新たに高額納税者のネームが加わったんだあ。へぇ、すっごい〜」

樹里がわざとだろう、すっとんきょうな声を上げ、振り返る。

闘一は助手席に座る樹里を見やり、フンと鼻を鳴らした。

「馬鹿じゃないの。あたしぐらいのビッグになっちゃうと、納税額もすごくて、すごくて、桁《けた》違いに決まってるでしょ。ふふん、一般庶民のあんたたちが聞いたら驚くわよ。驚き過ぎてひっくり返っちゃうかも」

「幾らなんですか」

樹里が身を乗り出してきた。

「だから、一般庶民が驚いてひっくり返るぐらいの額なの。まったく、あたしの国への貢献度《こうけんど》といったら相当なもんよ。勲章の五つや六つじゃきかないわね。勲章なんか欲しくないけど」

「だから、一般庶民が驚いてひっくり返るぐらいの額って幾らなんですか。ぜひ、聞かせてください」

むへへと樹里は鼻に抜ける笑い声をたてた。

「何でそんなこと、あんたみたいな小娘に教えてあげなきゃいけないのよ。一文の得にもならないじゃない」

「うわぁ。高額納税者なのに一文に拘《こだわ》るんだぁ。せこーい」

「もののたとえでしょ、たとえ。うるさいわよ、小娘。あんた、国税局の回し者なわけ。きゃっ、きゃっ」

車体が大きく二回、弾んだ。

「ちょっと日向ちゃん、運転、荒過ぎ。もうちょっと慎重にやって。他の者はどうでもいいけど、あたしに何かあったら国家的損失よ。ファンだけじゃなくて、国税局からも恨《うら》まれるから」

闘一のクレームに日向は緩《ゆる》やかな口調で応じた。

「いやあ、すみません。かなりの悪路なもんですから。あっちこっちに穴が開いてますよ。先生、あんまりおしゃべりしてると舌を嚙《か》むかも。用心してください」

「あたし、おしゃべりなんかしてないわよ。この小娘が、つっかかってくるから相手してやっただけじゃない」

今度は樹里が鼻を鳴らす。闘一の音より大きい。

「つっかかったんじゃなくて、ツッコミを入れたんです。先生ってツッコミどころ満載なんだもん。だいたい、先生がここにいること自体、おかしいでしょ。十分、突っ込めますよね」

「一々、小さいことに突っ込まなくていいのよ。あんたって、どこまで暇人なの。ふん、ふふん、ふんふん。締切がないお気楽人っていいわねえ。羨《うらや》ましいわ」

「締切、あるんだったら、THKのスタッフの振りまでしてついてこなくていいじゃないですか。本来の仕事を放っぽらかしにして、無理やりうちらにくっついて来てねえ。そういうのいいのかなあ、編集者さんに叱《しか》られるのと違いますぅ？」

ぐっと、闘一が息を飲み込む。どうだと言わんばかりに、樹里がにやりと笑った。

「あたしみたいなビッグな作家を叱れる編集者がいたら、お目にかかりたいものよ。相当に度胸があるか、どうしようもないおバカのどっちかだわね。それにね、今日は取材なの、取材。わかってる？　しゅ・ざ・い。りっぱな仕事の内じゃない。傑作を生み出すためなら、そのための取材なら、どんな苦労も厭《いと》わぬのが作家魂ってもんよ。うーん、この台詞《せりふ》、編集者が聞いたら感動のあまり転がって泣き出すわね。後でメモっとこうって。まっ、でも、あたしクラスになると、取材しなくても傑作は書けちゃうもんだけどね。自分で自分の才能が怖いわ。ほほほのほほほ」

「あたしは、先生の思い込みが怖いですよ。もう笑っちゃうぐらいホラーです。あははは」

「何ですって！　小娘、もう一度、言ってごらん」

「あ、あの……先生」

美菜子は身を縮めて、闘一に話しかける。

「何よ、あっちもこっちもうるさいわね」

闘一の眦《まなじり》がつり上がっている。完璧に整った容姿なのに、いや、だからこそ喜怒哀楽の形相がはっきり読み取れて、迫力がある。樹里に突っ込まれて、相当、機嫌を悪くしているようだ。今までなら、ここで「な、何でもありません」と、即座に引っ込むところだが、今日は遠慮《えんりょ》よりも問いたい思い——それを好奇心と呼べるのかどうか、簡単には判断できないのだが——の方が勝った。

「いえ、あの、すみません。でも、先生が今日、ついてこられたのは取材だからなんですか」

「当たり前でしょ」

闘一が顎《あご》を上げる。鼻から息を吐き出す。

「そうじゃなけりゃ、あたしがハウスキーパーの真似ごとなんかするわけないじゃない。掃除なんて、カタツムリの次ぐらいに苦手なんだから。あら、そう言えば、このごろカタツムリなんてのも、あんまりお目にかかれなくなったわよねえ。やっぱ、自然の荒廃が進んでんのかしら。どう思う？　佐伯さん」

「あ、はい。カ、カタツムリについては、よくわからないんです、すみません。それであの、取材って……、あの……それって、わたしがお話しした西国寺さんの失踪事件のって意味でしょうか」

「他に何の意味があるのよ。あるなら、教えて欲しいもんだわ」

「でも、あの、でも、この西国寺さんがあの西国寺さんと同じとは限りませんし……」

「西国寺なんて、妙な名前がごろごろしてるわけないでしょ。佐伯さん、丹波雀って苗字の人、知ってる？　今まで出会ったことある？」

「は？　いえ……ありません」

「でしょ。だから、この西国寺はあの西国寺なのよ。たまたま、偶然に、図《はか》らずも、西国寺という奇妙な苗字の人たちに、しかも、まったくの別人に出会うなんて、考えられる？　考えられないでしょ。万が一、この西国寺とあの西国寺が何の関係もないとしたら、佐伯さん、どんだけ西国寺って姓と縁があんのよ」

　そうだろうかと、首を捻《ひね》る。

　確かに西国寺は珍しい姓だ。しかし、全国的に見れば、そこそこの数いてもおかしくはないと思う。中学のときには、神桐《かみぎり》というクラスメートがいたし、高校の体育教諭の姓は東亀室《ひがしきむろ》だった。闘一の西国寺に対する自説は、やや強引で一方的過ぎる。無理やり、自分の望む方向に事実を曲げているとも思う。

チーフはどうして……。

運転席の日向にちらりと目をやる。

どうして、先生の同行を認めたんだろう。

あの日、西国寺家から清掃依頼の電話が入った日、日向がその依頼を受け、受話器を置いたとたん、闘一は自分もスタッフとして西国寺家に同行すると言い出した。事務担当の月子が慌てて、

「けど、うちはプロのハウスキーピングの会社です。窓ガラスを磨いたり、トイレや浴室を掃除したり、依頼によって草取りとかゴミの分別も引き受けたりしてます」

と、説明するのをぴしゃりと遮《さえぎ》った。

「わかってるわよ、そんなこと。あたしはＴＨＫの長年の客じゃない。しかも、特上ランクの。ここがどんな会社かなんて、嫌になるほど知ってますよ。今さら、お月から教えてもらわなくても、けっこうです」

「だったら、よぉく考えてください。どう転んでも、先生にスタッフの振りはできないでしょ。先生、掃除機や雑巾《ぞうきん》なんて使ったことあるんですか」

「ちょっと、お月、あたしのこと舐《な》めんじゃないわよ。高校卒業までは教室のお掃除とか、一応やってたわよ。一応の適当だけど」

「一応の適当でやられちゃ、ＴＨＫの信用に関わります。うちみたいな仕事は、お客さまの信頼が一番大切なんですから。ＴＨＫがここまでやってこられたのは、ひとえにお客さまたちの口コミで良い評判が広がったからです」

　月子が珍しく強い調子で食い下がった。

「先生がスタッフとして中途半端な仕事をしたり、お客さまの気分を害するような事態になったら、せっかくここまで積み上げてきたうちの評判に瑕《きず》が付きます。この業界、信用第一なんです。特に、うちのような小さな会社だと、ちょっとしたトラブル、お客さまの不満が命取りになりかねません。トラブルを起こさないために、不満を決して持たれないように、スタッフにはプロのハウスキーパーとしての技能を習得してもらいますし、月に一度の講習会には参加を義務付けています。先生、作家の世界って、プロとアマとでは雲泥《うんでい》の差がありますよね」

るわよ」

「当然でしょ。プロ野球チームとおっさんたちの日曜日草野球チーム以上の開きがあるわよ」

闘一は胸を張ったが、いつもの威勢はなかった。月子の迫力に気圧《けお》されているのだ。

「でしょうね。でも、それは作家の世界だけじゃないんです。わたしたちの業界だって、プロとアマでははっきりとした差があります。あるからこそ、お客さまは対価としての料金を支払ってくださるわけです。そこに、先生みたいなズブの素人《しろうと》を交ぜるわけにはいきません。THKの信用に関わります」

闘一の唇がもぞもぞと動く。しかし、一言も言い返さない。

「月子さん、かっこいい」

美菜子の背後で樹里が呟《つぶや》いた。

本当だ、かっこいい。

月子の渾名《あだな》は〝満月《まんげつ》さん〟だ。名前からだけではなく、夜空にぽっかり浮かぶ十五夜の月を連想させる丸顔やふっくらとした体形に由来している。その渾名にも、まあるい外見にも相応《ふさわ》しく、月子はいつも穏やかでおっとりしている。美菜子は、〝満月さん〟が憤《いきどお》ったり、騒いだり、声を荒《あら》らげたり、誰かを悪《あ》し様《ざま》に罵《ののし》ったりする場面に出くわしたことは一度もない。樹里も杏奈にそれとなく問うてみたが、答えは「そう言えば、あたしたちもないね」だった。

その月子が真剣な顔つきで、闘一に意見をしている。落ち着いた声音だけれど、いつもよりずっと硬い。

月子さん、本気でＴＨＫを守ろうとしてるんだ。

胸がじわりと温かくなる。

「いいよ、月子さん。あたしが責任をもつから、先生も一緒に来てもらいましょう」

日向がひょいと口を挟む。

「えっ」

月子が絶句した。闘一の方は、満面の笑みになる。

「きゃあ、さすが日向ちゃん。太っ腹だわぁ。すてき。ね、ね、ついでにこのまん丸月子によーく注意しておいてよ。あたしのこと、まるで役立たずみたいに言ったのよ。失礼にもほどがあるわぁ。あたしはチョウ人気&ベストセラー&売れっ子作家のわりには、度量が広いから、別に気にしないけど、他の作家だったら大変よぉ。たとえば、×××××とか○○○○なんかだったら、そりゃあもう」

「先生は役立たずです」

日向が言った。いつもと寸分変わらぬ口調だった。

今度は闘一が絶句する。

「な……」と口を半開きにしたまま、固まってしまった。

「作家としては、超人気で売れっ子かもしれませんが、ハウスキーパーとしては月子さんの言う通り、ズブの素人です。つまり、ほとんど何の役にもたちません。そこのところをきちんと自覚できるなら、同行を許可しますけど」

「う、う……日向ちゃん、ひどい。そんな、あんまりよ」

闘一が泣き真似をしたが、日向は完全に無視をして続ける。

「で、少しでも役立たずの部分を解消するために、西国寺さんの家での清掃作業の前に、あたしと月子さんとで窓拭きの特訓をします。それに、本気で参加してください。いいですね」

「あ、あたしが窓拭き？　信じられない。そんなの庶民のすることでしょ。プリンセスキャラのあたしに窓拭きは酷だわよ」

「じゃあ、全て諦めてください。西国寺家での仕事にお連れすることはできません」

「げっ。そ、そんな……。わかったわよ、やるわよ。やりゃあいいんでしょ。窓拭きだろうが尻拭きだろうが、やってやるわよ」

「うわっ、先生、かなり自棄《やけ》になってるよ。尻拭きだって、プリンセスキャラにしちゃあ下品過ぎだよねえ」

　樹里がくすくすと笑う。美菜子は笑う気になれなかった。日向と闘一を交互に見やり、思いを巡らせる。

　チーフは何を考えているんだろう。

「一日二時間で三日。それか、三時間で二日。どっちでも先生の都合のいい方で結構です。それくらいやると、まあ、何とか窓拭きだけならやれるようになると思います。何とかですけど。ふつう、スタッフの講習料は無料ですが、先生の場合、こちらの都合ではないので、それ相当の料金を頂くことになりますけど、よろしいですか」

「どうぞ、ご勝手に。百万でも二百万でも払ってやるわよ。なんだったらドル立てにしましょうか。THKに外資口座があるのならだけど、ふふん」

「講習料は三千円です。他に実費を頂きます。これがだいたい六百円かかりますが」

「全部で三千六百円ね。わかったわ。どんと一括、キャッシュで払ってやろうじゃないの」

「フッー、一括キャッシュだっちゅうの。三千六百円を分割してどーすんだよ。まったく、いちいち格好つけないと気が済まないんだからね。先生って、さ」

樹里の呟きに、今度は少し笑えた。

とくっ。

胸が鳴った。一瞬だが身体が強張り、背筋をすっと冷え切った指で撫でられた気がした。

「あん？　ミーナ、どしたの？　武者震い？」

樹里が肩を押さえてくる。

「あ、いえ……ちょっと、寒気がしただけ」

「ほんとに？　先生のこと心配しなくて大丈夫だよ。チーフが上手く操《あやつ》ってくれるからさ。まあ、制御不可能になる可能性は無《な》きにしもあらずってやつだけど、いざとなったらバンの中に閉じ込めておけばいいんだから。あはっ」

自分の冗談がおかしかったのか、樹里は肩を揺すって笑い出した。

「もう、樹里さんたら」

美菜子も笑おうとしたが口の端がひきつれたようで、あまり持ち上がらない。心臓が鼓動を打つ。息苦しい。

とくっ、とくっ、とくっ。

何なんだろう、この動悸《どうき》、この不安は。

「じゃあ、時間がないので明日から、早速特訓に入ります。明日、七時までに事務所に来てください」

「し、七時。じょーだんでしょ。朝七時なんて作家にしたら真夜中よ。夜七時ならまだしも、朝なんて無理に決まってるじゃない」

「先生！　やる気あるんですか」

「ひえっ、わ、わかったわよ、わかりました」

日向と闘一のやりとりを聞きながら、美菜子は両手でそっと自分の身体を抱いた。震えは何とか治まったけれど、胸の内のざわめきは少しも止まらない。

いつまでも不穏な音を響かせている。

今日のワゴンには、日向と樹里、美菜子、闘一の四人しか乗っていない。杏奈と初哉は他の仕事に回っていた。

月子の言葉の通り、このところ、徐々にだが、しかし、確実にＴＨＫへの依頼は増えている。年末に向けて、さらに増加するのは目に見えていた。ＴＨＫは慢性的なスタッフ不足に直面していたのだ。美菜子の後にも何人かが面接にやってきたが、なかなかすんなりと採用に至らない。仕事内容が意外に専門性を必要とすることや、体力、気配り、細やかさ等の資質が要求されることに応募者のほとんどが驚き、臆《おく》し、「そんなに面倒なら」と去っていった。

「清掃のプロになるんだからねえ。自覚と技能を持ってもらわなくちゃ。誰でも片手間にできる仕事なんて思われちゃあ困るのよ」

いつだったか、月子が嘆《なげ》いていた。嘆いているわりには、口吻《こうふん》は軽く、「少数精鋭部隊でいくしかないわね。ここが、マネージメントの腕の見せ所かな」と力瘤《ちからこぶ》を見せたりもしていた。

仕事の量が増え、スタッフ全員、週休二日で朝八時から夕方五時まで、お昼と短い休憩を挟んで、びっしり働いている。シングルマザーの樹里は一人娘の紘美《ひろみ》ちゃんの体調や行事によって、休暇をとらざるをえないことがわりにある。樹里が抜けたとなると、忙しさに拍車がかかった。

「一番子ども、二番が仕事、三番は人それぞれ。うちのモットーだから。樹里、子どものためなら遠慮なく休みをとればいいよ。THKには優秀なスタッフが揃《そろ》ってるけど、紘美のママは樹里一人しかいないんだからさ。そのかわり、働くときはがんがん頼むよ」

日向に励まされて、樹里は泣いていた。紘美ちゃんが高熱を出して入院した翌日のことだった。

日向の励ましには上っ面でない優しさと温《ぬく》もりがある。

チーフには子どもがいるのかしら。

幼い子がいてもおかしくない年齢《とし》だろう。しかし、そんな話も雰囲気も日向は微塵《みじん》も纏《まと》っていない。家庭がありそうにも、気楽な独り身にも見える。はっとするほど若々しくも、かなりの年配にも見える。闘一と対等に話せるほどの読書量があり、紅茶の淹《い》れ方が絶妙だ。気難しくて、臍《へそ》曲がりの闘一が、日向にだけは素直に接している……ように、美菜子には思えた。

不思議な人だな。

ハンドルを握る日向の後ろ頭をちらっと見やる。

「それにね、佐伯さんが嚙んでるのよ。西国寺の一件が、このままで済むわけないでしょ」

「ええっ、わ、わたしは関係ないと思います」

「あら、どうして？　西国寺充夫の二度の失踪と妻、伊世子の謎の笑い。それを教えてくれたのは佐伯さんじゃない。そして、先週、佐伯さんの勤める貿易会社に西国寺と名乗る男から電話がかかってきた。これが、新たな事件の始まりとなるのよね」

「先生、THKは貿易会社じゃないし、仕事の依頼を下さったのは女性の方ですよ」

日向が訂正する。

「あ、そうだった。いけない、あたしの頭の中で、既にストーリーが動き始めてんのよ。ああ、フィクションが現実を侵食していく。天才の辛いところなのよ、これが」

「いやあ、ただの妄想癖じゃないっすかねえ」

樹里がわざと蓮《はす》っ葉《ぱ》な突っ込みを入れる。

「おだまり、小娘が！」

「先輩だよ」

「へ？」

「今日は、先生の立場は見習いスタッフ。チーフから言われたでしょ。ガラス拭きがやっとこさの半人前ハウスキーパー。それがあなた、那須河闘一です。て、ことは、とーぜん、あたしやミーナは先輩ってことになるよねえ」

「う……だから、何なのよ」

「先輩を小娘なんて、呼んでいいのかなぁ。どうかなぁ」

樹里が首を捻り、白い歯をのぞかせた。闘一は口元をへの字に結び、唸《うな》っている。

「二人とも、口喧嘩《くちげんか》してるときじゃないよ。樹里、闘一くんをからかって遊ばないの。闘一くんも一々、挑発にのらない」

日向がハンドルを右に回した。道の両側に田畑が点在するようになった。既に、稲刈りを終えた田はがらんと広く、寒々しく目に映る。山裾から飛ばされてきたのか、色づいた柿の葉が稲株だけになった田んぼのあちこちに散っていた。冬はもう、すぐそこまで迫っているようだ。

美しく、哀しげな風景だ。

「と、闘一くんて、あたしのこと」

闘一の黒目が左右に揺れる。

「そうですよ。新米スタッフに先生はおかしいですからね。仕事中は闘一くんで通します。いいですね。今回、闘一くんは窓ガラスの清掃に専念してください。事前の打ち合わせで、家の造作はちゃんと見てきました。リビングとキッチンにガラス戸が四枚、約四十平米の洋室と和室に窓がつごう六つ、それに勝手口のドアにすりガラスが使ってあります。二階屋ですが、二階の清掃は必要ないとのことでした」

「ひえっ、そ、そんなに。それを全部、あたし一人で磨くわけ。無茶苦茶じゃない。日向ちゃん、THKって今、問題になってるブラック企業じゃないの」

「チーフ」

日向と樹里がほとんど同時に訂正を入れた。

「闘一くん、日向ちゃんじゃなくてチーフだよ」

樹里が振り向き、真顔で続ける。

闘一は肩を竦め、ちっちっと二回、舌を鳴らした。

「はい、チーフ。仕事量が多すぎると思います」

「プロなら、平均以下の仕事量です。ともかく、夕方五時までに、今言った全てのガラスを磨き切ってください」

「……はい、わかりました、チーフ」

「けっこう、樹里はまず浴室とトイレの清掃にとりかかって。ミーナはリビング、あたしはキッチンから入ります」

「了解っす」

「はい」

「ほら、見えてきた。あれだよ」

道を右側に回ると、その道の先に、黒瓦《くろがわら》の家が見えた。

大きい。

美菜子の感覚だと、家というより屋敷の部類に入る。

瓦が陽光を浴びて艶《つや》やかに光っていた。家の横手に見事な松の巨木が伸びていて、それが、黒瓦の屋敷と対になってなかなかの威風を示していた。今どき珍しい長屋門が道を飲み込むように、堂々とそびえている。

「あら、西国寺家ってけっこうお金持ちなの？」

「戦前はこの辺り一帯を治めていた大庄屋だったそうです。今でも、相当の土地持ちだと聞きました」

「ふーん、生意気」

「闘一くん、口の利き方に注意。マスク着用。余計なおしゃべり、一切禁止」

「……はい」

マスクを付けた後、闘一は美菜子にそっとささやいた。

「まあ、これで、あたしが那須河闘一だってことわかんなくなるわよね。日向ち……チーフなりの気遣いなのよ、きっと。あの那須河闘一がガラス磨きをしてるなんて騒がれたら、大事《おおごと》になっちゃうものねえ」

「あ、はい……」

曖昧《あいまい》に返事をしておく。

日向の気遣いはもっと別のところにあるような気がするのだ。別のところがどこなのか、見当がつかないけれど。

車は開け放ってある門から、西国寺家の敷地内に入り、前庭の隅に止まった。その前庭もかなりの広さだ。幼稚園児ぐらいなら、思いっきりかけっこができる。

「さて、やりますか。みんな、荷物の準備、お願い」

美菜子と樹里はワゴンの後ろから、道具一式を降ろす。闘一はマスクをしたまま、うろうろと歩き回っていた。

「こら、トーイチ、これ、運ぶの」

マスク越しに何か呟いて、闘一はバキュームとモップを受け取った。美菜子もバケツや雑巾の入ったプラスチックのケースを持ち上げた。

ふっと懐かしさを覚えた。

THKでの初仕事を思い出したのだ。

那須河邸の清掃作業だった。

あの日、美菜子も勝手がわからず、指示されなければ一歩も動けない状態だった。でも、今はこうして、曲がりなりにも滑《なめ》らかに動ける。次に何をするか、何をすべきかが摑《つか》めている。

成長してるな。

四十を目前にして、自分のことをそんな風に思えるなんて、ちょっと嬉しい。自分で自分を認められることの爽快さは、年代とも性別とも無縁だ。

深呼吸してみる。

松の清々とした香りが胸に満ちた。

よし、やるぞ。

ケースを持つ手に力を込める。

「失礼します。THKから参りました」

日向がドアを開け、声を張り上げる。インターフォンは付いていないらしい。

「西国寺さん、お邪魔いたしま」

日向の身体がよろけた。黒い影が、中から飛び出してきたのだ。

「きゃあっ」

影ともろにぶつかり、闘一が悲鳴を上げた。モップを抱えたまま尻もちをつく。影も玄関わきの植え込みに転がった。

「だいじょうぶですか」

美菜子は影に向かって、手を差し出した。

いや、影ではない。

黒いセーターに黒いズボン。黒尽くめの若い男だった。まだ、少年と呼んでも差し支えない若さだ。

この子、似ている。

とっさに閃《ひらめ》いた思いに、美菜子は戸惑う。

似ている、誰に？

少年と美菜子は、ほんの束の間、黙ったまま顔を見合わせていた。

少年はすぐに立ち上がった。

若さを見せつけるような俊敏《しゅんびん》な動きだった。美菜子はとっさに差し出した手を下ろす。

「すみません」

尻もちをついたままの闘一に頭を下げ、少年は足早に去っていった。闘一がまた、舌を鳴らす。

「チッチッチッ。何よ、あの態度。他人を突き飛ばしといて『すみません』で、すますつもり？　まったく、今どきの若い子ってなってないわぁ。最低限のマナーすら知らないのかしら。ぷんぷん」

「でも、先生。あの子、ちゃんと謝ったと思いますけど」

おそるおそる口を挟《はさ》む。案の定、睨《にら》みつけられた。

「謝っただけじゃ駄目でしょ。被害者が倒れ込んでいるんだから、助け起こさないと。しかも、あたしは一般人じゃないのよ。那須河闘一よ、那須河闘一。チョウ人気&ベストセラー&高額納税作家じゃないの。ここで怪我して当分執筆活動休止なんてことになったら、国際問題よ。わかる？　あの子、各出版社からどれだけ恨《うら》まれると思うの？　まったく、何を考えてんのかしら。事と次第によっては訴えてやるわよ。被害者の痛みを教えてあげるわ」

「被害者って、そんな大げさな」

「どこが大げさよ。りっぱな被害者じゃない。指でも折れてみなさい。どのくらい補償金がいると思うの」

「いや、ですから……」

「トーイチ。ぶつくさ言ってる間があったら、さっさと立つ。ほら、仕事に行くよ」

樹里が舌を鳴らす。さっきの闘一の物真似らしい。あまり似ていないが、似ていないところがおかしい。美菜子は俯《うつむ》いて、少しだけ笑ってしまった。

「西国寺さん、失礼しまーす。ＴＨＫです」

日向の声が響く。よく通る声だ。

廊下《ろうか》の突き当たりのドアが開いた。和服姿の女性が現れる。地味な小紋だが、着なれているらしくよく身体に添っていた。

あっ。声を上げそうになった。

伊世子さん？

女性は西国寺伊世子によく似ていた。ただまちがいなく本人だと言い切る自信はない。伊世子を最後に見てから、あまりに時間が経ち過ぎている。目の前に立つ女性は、ひどく痩《や》せて、白髪が目立った。小紋のせいではあるまいが、どこか淋《さび》しげで、儚《はかな》げで、時代に取り残された古い道具のような雰囲気がある。

精緻《せいち》にも美しくも作られているけれど、その名前も用途も忘れ去られてしまった道具。その淋しさが人に形を変えたとしたら、今のこの女性の姿になるのではないか。

ほんの短い間、瞬《まばた》きするほどの間だけれど、そんなことを考えてしまった。

「あぁ、みなさん。おせわになります」

女性が頭を下げる。きれいな所作だった。おざなりではなく、丁寧《ていねい》過ぎもせず、浅くもなく深くもなく頭が下がる。

「どうぞ、お上がりになって」

「失礼いたします。では、早速に仕事に取り掛かりますので。みんな、さっき言った分担の通りに、お願いします」

日向がぱちりと指を鳴らした。

「はい」

闘一を除いて、THKのスタッフ全員が動き出す。樹里は浴室へ、日向はキッチンへ、美菜子はリビングに向かった。闘一だけがモップを手にぽつねんと立っている。

「あら……この方は？」

女性が首を傾げた。

美菜子は慌てて引き返し、闘一の腕を引っ張った。

「あ、はい。あの、ガラス磨き専門のスタッフです」

女性の前に立ち、愛想笑いをして見せる。

「へぇ。ガラス専門のスタッフがいらっしゃるの。すごいですねえ」

「はぁ、やはり窓ガラスは大切ですから。ぴかぴかだと光がいっぱい入ってくるようで、心が晴れますし」

「心が晴れる……」

女性の眼差《まなざ》しがふっと揺らぐ。

「ほんとにそうだと、いいですけどね。あ、では、よろしくね」

やはり優雅な仕草で女性は背を向け、ドアの向こうに消えた。

「ちょっと佐伯さん、どうよ」

「どうって？」

「もう、鈍《にぶ》いわね。あの女よ、西国寺イトコなの？　違うの？」

「伊世子さんかどうかってことですか。わかりません」

「はぁ、わかんない？　ちょっと、あんた馬鹿じゃない。でなきゃ、相当に目が悪いのね。本人かどうか見て、わかんないなんてありえないでしょ」

「ありえます。わたしが伊世子さんと顔を合わせていたのは、もう十五、六年も昔のことですから。それだけの年月があれば、人は変わるでしょう。特に女は」

二十代の後半から四十代のとば口に立つまで、いろんなことがあった。それは、ある意味平凡なありきたりの出来事ばかりだ。波瀾万丈《はらんばんじょう》とも特別の物語とも縁がない。

結婚して、子を産み、母親になった。その子どもたちを懸命に育ててきた。今でも育てている。それだけの話だ。

どこにでもある、ごくごく普通の人生。それでも、美菜子にとってはかけがえのない唯一の年月だった。もし、戻れたらと考えることはある。もし、二十代に戻れたら、いや、もっと若く十代に戻れたら、全く別の人生を選択するだろうか。

答えはNOでもYESでもない。わからなかった。全く別の生き方をしたいようにも、今、手にしている日々を放したくないようにも思うのだ。答えを導き出せない。

ただ、ごく平凡でも、普通でも、ありきたりでも、この十数年が美菜子を変えたことは事実だ。体形も、顔の形も変わった。太って、老けたかもしれない。でも、若いころにはなかった円《まろ》やかさを手に入れた。それは心も同じだ。

数日前、大吾が夕食の席で言った。

「あのね、ぼくね、みんなに羨《うらや》ましがられるんだ」

大吾は小学五年生だが、年よりもやや幼い物言いをする。大人びた姉の香音と比べると、三歳以上に差があるようだ。

好物のエビフライを口にしながらしゃべるものだから、食べかすがテーブルの上に散った。そういうところも、幼い。

「あら、何を羨ましがられるの」

「うん。ママのこと」

「わたし？　どうして？」

「優しいから。見てたら癒《いや》されるんだって。しゃべったら、もっと癒されるって」

「まあ……。誰がそんなこと言ったの」

「洋平《ようへい》くん。それに、たっちんもノブくんも言ってるよ。あっ、石井くんも。大吾のお母さんは癒し系でいいよなって」

珍しく一緒に夕食をとっていた香音が噴《ふ》き出す。

「はは、何よ、それ。お小遣い値上げしてもらおうって、おべんちゃら言ってんの」

「違うよ。おべんちゃらなんて言うもんか」

大吾が口の端を歪《ゆが》めた。姉の一言に、少年のプライドが傷付いたらしい。

「へへん、おべんちゃらの意味がわかってんの？」

「わかってるよ、それぐらい」

「へえ、じゃあ説明してみてよ」

香音がわざと挑発する。大吾は真っ赤になって口ごもってしまった。

「香音、弟をからかったりしないの。大吾、ありがとうね」

「え？」

大吾が瞬《まばた》きする。きょとんとしたその表情は、やはり、実年齢より幼く見える。その分、可愛らしい。

「そんな風に言ってくれてありがとう。お母さん、すごく嬉しい」

「うん」

さすがに照れたのかエビフライを口に押し込み、大吾は横を向いた。香音は急に不機嫌な顔つきになり、食べ終えた食器を流しに運ぶとそのままキッチンを出て行った。

「お姉ちゃん、怒ってる？」

「ううん。怒ってなんてないよ。大吾がお母さんのこと、素直に褒めてくれたから、ちょっと……恥ずかしくなったのかな」

弟と母親の真っ直ぐなやりとりは、十代の少女にとっては鬱陶《うっとう》しくも面映《おもは》ゆくもあったのだろうか。

友人の母親を癒し系と呼び羨ましがる小学生の心情は、あまり理解できないけれど、美菜子自身が身体も心も丸く、柔らかくなってきたとは自覚している。

時間の流れは人を変える。

外見も、心の有り様も変えていく。

「あの女、佐伯さんに全然気が付かなかったわよね。『きゃあ、佐伯さん』とか『あなたは、もしや』なんてリアクション、まったくなかったじゃない。て、ことは」

「伊世子さんじゃないってことですか。でも、よく似てる気がします。ええ、とても似てます」

「じゃあ、イトコ本人なわけ」

「伊世子さんです。伊豆の伊に、世界の世に、子どもの子です」

「うるさいわね。イトコでもハトコでも、どうでもいいの」

「でも、人の名前は大切だと思います。先生だって、南瓜河《かぼちゃかわ》さんって呼ばれたら嫌でしょう」

「何よ、そのたとえ。南瓜河って、どんだけダサイの。変なたとえしないでちょうだい。あたしの名前は全国津々浦々に知れ渡ってんの、間違える人なんていません」

闘一の一睨《ひとにら》みに、美菜子は身を竦《すく》ませた。

「で、どうなの。あの女、イトコ……伊世子本人？」

「それは……ですから断定できません。わたしの知っている伊世子さんはまだ若くて

「……あんなに年を取ってるなんて意外で……」

意外だったのは他にもある。美菜子自身が伊世子の顔をはっきりと思い出せないことだ。しかし、考えてみれば、そんなに深い付き合いをしたわけではない。ただ、近所でたまに顔を合わせて、言葉を交わした程度だ。境遇に同情もしたし、力になれればと思いもしたが、伊世子にはどことなく他人を拒む雰囲気があった。善意も過ぎれば棘《とげ》になる。優しいおせっかいも一線を踏み越えれば、迷惑でしかない。事件があってから、美菜子はことさら伊世子と距離を置いてきた。だからだろうか、記憶は朧《おぼろ》なままだ。

「じゃあ、やっぱり伊世子じゃないのよ。伊世子によく似た誰か、赤の他人だわね」

「はぁ、違うんですか」

「そうでしょ。佐伯さんはそう思わないの？」

闘一の声に苛立《いらだ》ちと僅《わず》かな歓喜が混ざる。苛立ちは、美菜子のもたもたしたしゃべり方に対してだろう。歓喜は、おそらく〝おもしろい〟からだ。闘一の鼻がおもしろい匂いを嗅《か》ぎあてたからだ。もっとも、闘一の嗅覚《きゅうかく》はひどく癖《くせ》があり、自分にとって都合のよい〝おもしろい〟しかキャッチしないのだが。

「じゃあここの西国寺家は、あの西国寺家とは違うってことですね。たまたま同じ苗字だったわけですか」

「もう、佐伯さんの馬鹿。さっきも言ったでしょ。西国寺なんて名前があっちこっちにあるわけないのよ。丹波雀って姓があっちこっちにないのと同じ理屈。違うのは、伊世子本人よ」

「伊世子さん本人が違うって、どういう意味です？」

そこで、闘一はにやりと笑った。むろん、ここでにやりと笑うことが効果的だと計算して、にやりと笑ったのだ。

「そのまんまよ。伊世子は伊世子じゃないの。本物の伊世子は十何年か前に殺されてるのよ」

「はぁ」

こうなるとついていけない。完全においてけぼりだ。別に、ついていきたいわけではないが。

「でも先生、親戚筋なんかだと同じ名前の家、あるじゃないですか。たぶん、西国寺一族とかがあるんですよ。ほら、こんな旧家ですから親戚がたくさんいても不思議じやないでしょ。本家とか分家とか」

「佐伯さん！」

「ひえっ、は、はい」

「あなた、ド素人《しろうと》のくせにこのあたしの推理にケチをつける気。ふふん、けっこうね、いい度胸してんじゃないの」

「はっ？　そっ、そんなケチだなんて……。ただ、ちょっと飛躍《ひやく》があり過ぎるかもと……」

「それが、ケチをつけてるって、ぎゃっ」

闘一が頭を抱えて、しゃがみ込んだ。

「いったーいっ。ひ、日向ちゃん、酷《ひど》い。無防備なあたしを後ろから殴るなんて、人間じゃないわ。しかも、モップの柄《え》で思いっきりなんて酷過ぎる。鬼よ、悪魔よ、悪霊よ」

「黙りなさい！」

マスクをとって、日向が怒鳴る。

「二人とも、いいかげんにしなさいよ」

厳しい眼つきだった。日向にこんな眼で見られるのも、怒鳴りつけられたのも初めてだ。

「今は仕事の時間でしょう。べちゃべちゃしゃべっててどうするの。真剣にやりなさい。あなたたちプロなんでしょ」

「はいっ、すみません」

美菜子はバキュームを手に、リビングに飛び込んだ。日向の言う通りだ。ハウスキーピングのプロとして、今、何をすべきかちゃんと判断すべきだった。依頼主についてあれこれ詮議《せんぎ》するよりも、床を拭《ふ》き、埃《ほこり》を払い、ぴかぴかに磨き上げる。そこにこそ、そこにだけ力を注がねばならなかったのだ。

「ほら、闘一くんもさっさと動く。甘えてると辞めてもらうからね。自分の立場をちゃんと自覚しなさい」

「わ、わかりました。日向……じゃなくてチーフ。ね、聞いて聞いて。あたしはね、ちゃんとお仕事するつもりだったのよ。そこに、佐伯さんが話しかけてきたの。あたしは、やる気だったのよ。ほんと、信じてね」

「問答無用。窓拭き、すぐ取り掛かる！」

「はいっ」

闘一がリビングのガラスに貼りつく勢いで、掃除を始めた。

「ど、どうしたのかしら。やけにやりにくいわ。練習のときは、ちゃんとやれたのに。スクイージーが思うように動かない」

「先生。バケツを下においてください。右手に提《さ》げたままだからやりにくいんです」

「きゃっ。どうしてこんな物を提げてんのかしら。えっと、スポンジがいるわ。佐伯さん、スポンジどこ？」

「先生の持ってるバケツの中です。あ、でもまず、網戸を外さなくちゃ。窓より先に網戸ですよ、先生」

「そうだわ、網戸よ。網戸、網戸。えっと、どうやって……きゃっ、外れた。佐伯さん、見て見て。ちゃんと外せたわよ」

「はい、お見事です。その調子ですよ、先生。それを壁に立てかけて、水を含ませたスポンジで汚れを取るんです。桟《さん》のところも忘れないように洗ってくださいね」

「そうね、わかってる、わかってますよ。一々《いちいち》言わなくたって、ちゃんと心得てます。このために特訓したんだから」

「ほんとですね。頑張ってください」

闘一が何とか働いているのを見届けて、美菜子はリビングの清掃に取り掛かった。

そんなに、汚れてはいない。ただ、よく目を凝らすと床の隅には薄《うっす》らと埃が溜まっていた。掃除が行き届いていないのだろう。しかし、那須河邸のあの、すさまじい汚れぶりに比べると、どうということはない。成人男子と幼稚園児ほどの差がある。

よし、やるぞ。

心の中で、腕まくりをする。

上から下へ。それが掃除の基本だ。

まずは天井から。伸縮自在のハタキを使って、天井と壁の埃を落とす。照明カバーを外し、スポンジで水洗いする。幸い、庭には水撒《ま》き用の水道設備があり、洗い場まで設置されていて助かった。

「どうよ、どうよ、佐伯さん。すっごくきれいになったわよ」

闘一が洗い終わった網戸を前に胸を張る。

「はい、とってもきれいです。ウエスで水分を拭き取るのを忘れないでくださいね。そのまま元に戻すと、びしょびしょになってしまいますよ」

「もう、佐伯さんの馬鹿、馬鹿。そんなの言われなくたってわかってますよーだ。ウエス……ウエスって何だっけ？」

「古布のことです。それもバケツに入ってますから」

「ああ、古布ね。ふん、古布なら古布って言えばいいでしょう。気取っちゃってウエスなんて呼ぶからややこしくなっちゃうのよ」

「あっ、先生、そんな力任せに擦《こす》っちゃだめです。雑巾二枚使って挟むようにして拭いてください。上から下へですよ」

「もうもうもう、佐伯さんなんて大嫌い。ほんと嫌い。あたし、ちゃんとわかってんのに一々、口を挟まないで。なんで、そんなに余計なこと言うのよ。鬱陶《うっとう》しいでしょ。あっちに行って。もう、あたしに話しかけないで。ブブブゥだ」

闘一が唇を鳴らす。

「あ、すみません。気を付けます」

いけない。つい、でしゃばって先生のプライド傷付けちゃった。

反省する。この気持ち……、香音と話してるみたいだ。

そうか、先生ってほんとに乙女《おとめ》なんだなあ。

そう感じれば、闘一が愛おしく思える。遠くからそっと見守ってあげたいと思う。これは、完全に母親の眼差しだ。我ながらおかしいけれど、笑っている場合ではなかった。闘一に気を取られていては、自分の仕事が進まない。

「ミーナ、家具を動かすの手伝おうか」

樹里が気を利かせて、申し出てくれた。

本革のソファーやテーブルを樹里と一緒に動かし、カーペットをめくる。家具の埃を払い、床全体に丁寧にバキュームをかけた後、拭き掃除に入る。カーペットの下はかなり汚れが目立った。何カ月も掃除をしていないらしい。

こういうときは、水分を多目に含んだ雑巾を使う。汚れを拭き取った後、ざっとから拭きすれば大半の汚れは取れていた。その後、クエン酸水を含ませた雑巾でもう一度、床全体をしっかりと拭く。それでも、取れない汚れはウエスに石鹸《せっけん》ペーストを馴染ませ、拭き取る。その後、水拭きで石鹸成分をきれいに取り除く。ここをちゃんとしておかないと、石鹸が残り、滑りやすくなるのだ。最後の仕上げに、ワックスの代わりに米糠《こめぬか》ボールで床を磨く。ガーゼで米糠を包んだもので、これで丹念に磨くと、米糠の油分の働きで艶《つや》が出る。ワックスにはない自然の艶だった。

木製のドアもソファーもテレビのディスプレイもウエスや特殊な布巾を使って、丁寧に汚れを取っていく。

小一時間ほどで、リビングはきれいになった。

うーん、やっぱり気持ちがいい。

この一時が、美菜子は大好きだった。

何が変わったわけでもないが、全てがこざっぱりとして輝いている。空気まで磨き上げたようだ。

うん、文句なく気持ちがいい。だけど……。

リビングを見回し、密かに息を吐《つ》いた。

この家の人は幸せではないんだろうか。

そんな疑念が胸の内を掠《かす》めて過ぎる。過ぎた瞬間、冷気を感じた。冷たく凍《い》てついた風を感じた。

ＴＨＫで働き始めてから、美菜子はハウスキーパーという職業が自分に向いていると実感できた。身体を使うことは楽しいし、自分が磨き上げた部屋を見回すたびに、ささやかな充足感を味わうことができた。

ささやかなものは尊《とうと》い。ささやかな想いは強く、しなやかに人を支えてくれる。THKで美菜子は、自分で自分を支える術《すべ》を手に入れた。

この仕事、天職だと思う。出会えてよかったと思う。そして、もう一つ、美菜子は感じ取れるのだ。

気配のようなものを。

その家の気配、纏《まと》った雰囲気、日々の息遣い、そんなものを何となく肌に感じるのだ。この家で暮らすことが、暮らしている人たちが幸福なのか不幸なのか、冷え切っているのか、温かく繋《つな》がっているのか、心を寄せ合いながらぎくしゃくしているのか、仲の良い振りをしながらどこか冷めているのか、わかるのだ。

あぁ、淋しいのだ。何て、温かなんだろう。みんな楽しいんだ。ぎすぎすと暮らしているのか、辛いだろうなあ。

家の大きさや広さ、見てくれの良し悪しとは拘《かか》わりない。汚れ、乱雑ぶりの度合いとも関係ない。

数カ月前に父子家庭の、小さな建売住宅の清掃に出向いた。トラック運転手の父親は仕事に追われ、掃除まで手が回らない。小学校二年と幼稚園児の兄妹では、まだ、きちんとした片付けは無理だ。小学校の家庭訪問を前に、ＴＨＫに依頼がきた。

「何だか、家の中が汚い家庭ってのはどこか欠陥《けっかん》があるみたいに思われるらしくてね。まぁ、おれとしては、そりゃあねえだろうって思うんだけど、やっぱ、先生に偏見とかもたれちゃあ、こいつらが可哀そうだからな」

息子の頭を撫でながら父親は、苦く笑った。妻と死別して、男手一つで子育てをしている父親だった。

家の中は確かに乱雑で、汚れていた。それでも床だけは掃除機をかけているらしいが、壁や天井、部屋の隅々には埃が溜《た》まり、玄関の三和土《たたき》も泥がこびりついていた。家そのものも狭く、上等とはお世辞にも言えない造作だ。

しかし、温かだった。

清掃を終えた小さなリビングは温かで、そこに座っているだけで幸せな心持ちになれた。

「お母ちゃんが生きてたときみたいだな」

「ほんとだ。お母ちゃんがいるみたい」

兄と妹が顔を見合わせ、くすくす笑う。その姿を、父親が目を細めて見詰めていた。

あの家には温もりがあった。どんなに心を込めて磨いても、冷え冷えとしたまま温まらない豪邸もあった。

美菜子にはわかる。

ハウスキーパーとして働くことは、家の気配を捉える勘《かん》を鍛《きた》え、鋭《するど》くするものなのだと単純に納得していた。しかし、違うようだ。

「え？　何のこと？」

お茶の時間、〝気配〟についてしゃべったとき、樹里が怪訝《けげん》そうに首を傾げたのだ。クッキーを頬張っていた初哉も杏奈も同じような仕草をした。日向だけが笑みを浮かべて、美菜子を見ていた。

「あの、だから、気配。家が持ってる……そういうの感じない？」

「まったく」

樹里はあっさりと否定した。

「おれも……そういうの、わかんないな……」

「あたしもそうね。汚れや散らかし具合は気になるけど、気配って感じたことないな」

「つーか、そんなものマジあるわけ？」

樹里が瞬《まばた》きを二度した。

そうか、あれはわたしだけが感じるのか。いえ、チーフは……。

日向は黙って紅茶を飲んでいた。ティーカップを置いて、美菜子に指二本を立てて見せる。

え？　Ｖサイン？

「天職ってやつだね、ミーナ」

日向の言葉の意味が理解できた。「はい」と頷《うなず》くことができた。

今、西国寺家のリビングを見回し、美菜子は寒々とした心地になっている。

幸せは温かみを持つ。それが、ここにはない。

「うん、きれいに片付いたね。さすが」

日向が視線を巡らす。漫然と見ているのではない。美菜子の仕事をきっちりと点検しているのだ。この時だけは、ほんの少しだが緊張する。

「ＯＫ。完璧。じゃあ、次は廊下に回ってくれる」

「はい」

「闘一くんも、健闘中だね」

「あ、ですね」

闘一は黙々とガラス磨きに専念していた。網戸を全部洗い、外側から窓を磨いている。スクイージーの使い方がさっきよりずっとサマになっていた。

バキュームを提げて廊下に出る。無垢《むく》の板を使った廊下は静かで、暗かった。それこそ、人の気配がしない。背中がうそ寒くなる。そう言えば、さっきの女性はどうしたのだろう。一度も姿を見せない。ＴＨＫの得意先ならまだしも、まったく初めて訪れたというのに、あれこれ指示することも、要望を口にすることもない。挨拶だけすますと、さっさと消えてしまった。あのドアの向こうに閉じこもっているみたいだ。

「あたし、玄関周りに移るね」

樹里が美菜子の背中をポンとたたいて、外へと出て行った。

働く、働く、ぼんやりしてちゃだめだ。

壁にハタキをかけようとしたとき、あのドアが開いた。和服の女性が出てくる。ドアを閉める直前、美菜子は聞いた。人の唸り声のようなものを。

何かを呪っているような、低い唸り、あるいは苦痛に耐える呻《うめ》きだろうか。聞き間違いかもしれない。しかし、「いよこ」と聞こえた。いよこ。

女性は美菜子に気が付かないようだった。唇を固く結んで、前だけを睨んでいる。険しい横顔だった。

似ている。そっくりだ。では、間違いないのだろうか、この人はやはり……。

「伊世子さん」

そっと声をかけてみる。

女性の足が止まった。ゆっくりと振り返る。

「伊世子さんですよね。わたし佐伯です。佐伯美菜子です。覚えていらっしゃいますか」

風が窓にぶつかって音をたてている。

その音がやけに大きく、美菜子の耳にこだました。

「はい」

と、女性は答えた。

「はい、伊世子ですが」

口調が妙に硬い。眼差《まなざ》しも、顔つきも、さっきまでの険《けわ》しさが消えた代わりに、硬く張り詰める。

悔《く》いを、胸の痞《つか》えるような悔いを美菜子は覚えた。

「佐伯さんて……、失礼ですけど、どこでお目にかかりましたっけ」

女性が、伊世子が首を僅《わず》かに傾ける。

後悔がさらに強く、胸を詰まらせる。

伊世子は覚えていないのだ。佐伯美菜子という存在を記憶の隅にも残していない。

自分が印象の薄い、容易《たやす》く〝その他大勢〟に紛れてしまう者だとは自覚していた。

無視されることも、軽視されることも何度も、経験した。そのたびに、自尊心が疼《うず》き、泣きそうになったこともあった。けれどこのごろ、さして気にならなくなっている。

まったく、ではないけれど、昔ほど一々、胸に突き刺さらない。このごろ、美菜子は自分で自分の輪郭《りんかく》をくっきりと感じることができるのだ。他人がどれほど曖昧《あいまい》な視線を向けようとも、自分で自分を感じ取ることができる。

わたしはここにいるのだ、と。

それが年を経たからなのか、母親となったからなのか、THKに就職できたからなのか、他の理由があるのか、美菜子自身、よくわかっていない。あるいは全部が、年を経たことも母親であることもTHKの一員になれたことも、その他の諸々も、全てが混ざり合い、融け合って、美菜子を支えてくれているのかもしれない。

そんな風にも考える。考えられるようになった。

ただ、今、露骨《ろこつ》に戸惑いを浮かべた伊世子を前にして、ひどく狼狽《うろた》えてしまう。後悔と焦《あせ》りが混ざり合い、いたたまれない心持ちになる。

「あ、あの、すみません。不躾《ぶしつけ》に声をかけたりして。ほんとに、申し訳ありませんでした」

頭を下げる。

「いえ……、こちらこそ、ごめんなさい。わたし……他人の顔や名前を覚えておくのが苦手で……。すぐ、忘れてしまうんです。あの、えっと、どこで、いつ、お会いしたんでしょうか」

伊世子は小さく息を飲み込み、瞬きを繰り返した。つられたわけではないけれど、美菜子も口中の唾を飲み下す。

「あの……もう、十何年も前になります。わたしはN町のアパートに住んでいたことがあって、伊世子さん……あ、いえ、西国寺さんとはご近所だったりしたのですけど……。あの、でも、そんなに親しかったってわけじゃないので、覚えていらっしゃらないのも無理ないかと……、えっと、ですから気にしないでください」

「N町……」

伊世子の顔色が、明らかに変わった。それでなくとも薄かった頰《ほお》の赤みが、完全に消えてしまう。唇は白く乾いて、ぺらぺらの障子紙《しょうじがみ》を張り付けたみたいだ。

「あの、ほんとに……。すみません。余計なことを言っちゃって」

美菜子は慌てた。伊世子がそのまま、くずおれるのではないかと思ったのだ。しかし、伊世子は立っていた。いかにも危うげな風情ではあるけれど、どこにも寄りかからずに立っていた。

「N町の……佐伯さん……。あぁ、佐伯さんね」

伊世子の双眸《そうぼう》が、不意に明るくなった。

「思い出しました。まぁ、あの佐伯さん……。ごめんなさい、忘れたりして……。昔の、若いころのイメージしかないものだから」

あはっと、美菜子はわざと明朗《めいろう》な笑い声をあげた。

「そうですよね。わからなくて当然です。わたし、十キロ以上太っちゃって、顔も丸くなってしまって。この前も、高校の時の友人にばったり会ったんですけど、暫《しばら》くはわたしのこと、誰かわからなかったみたいで、すごくまじまじと見詰められちゃいました。その友人曰《いわ》く、わたしは『一・五倍ぐらい広がった』そうです」

半分真実で、半分嘘だった。

ほぼ二十年ぶりに出会った友人は、美菜子をまじまじと見詰めたし、「美菜子、昔の一・五倍には横に広がったんじゃない」と、ずけずけと言いもした。昔から、遠慮《えんりょ》のない物言いをして、それが美点にも欠点にもなる人だった。

しかし、その友人はすぐに美菜子のことがわかった。N町のころよりさらに若い美菜子しか知らなかったにもかかわらず、瞬きの間もなく「うわっ、美菜子じゃない。懐かしい。いやぁ、ほんとに美菜子だ」と笑ってくれたのだ。むろん、美菜子も中年の化粧の濃い女の横顔に、成人式以来顔を合わせることのなかった友人の面影を、ちゃんと見つけることができた。

「……そうですね。佐伯さん、ほっそりしていたから……。でも、佐伯さんじゃなくて、わたしの記憶のせいなんです」

　伊世子の唇からため息が零《こぼ》れる。

「N町にいたころのことって、記憶が曖昧で……。頭の中に靄《もや》がかかったみたいに、ところどころ白くなって……ええ、とても、ぼんやりしてるんです。思い出せないことが多くて……。いえ」

　言葉を切り、伊世子は上目使いの視線を美菜子に向けた。

「思い出せないじゃなくて、思い出したくないんですね、きっと。佐伯さん、その理由……察してくださる？」

「え？　あ……は、はい」

「はい」と素直に返事をするか、「何のことやらわかりません」と首を傾げればいいのか、迷う。伊世子は西国寺充夫の失踪事件を臭《にお》わせているのだ。だとしたら頷《うなず》くべきか、とぼけるべきか。

　伊世子がため息を吐いた。

「わかってらっしゃるのね」

「あの……はい、まぁ何となく……」

迷うまでもなかった。自分がとことん不器用で、たとえそれが必要であっても、とぼけたり誤魔化したりできる性質《たち》ではないのだと、改めて思い知る。

伊世子が三度目の吐息を漏らす。前のものより、長く深い。

「あの事件のこと……忘れたくて、でも、忘れられなくて、無理やり忘れようとすると……、頭がぼんやりしてくるんです。記憶が斑《まだら》になってね。とっても曖《あい》昧かと思うと、あのころのことが……もう十五、六年も前のことが、妙にくっきりと鮮やかに浮かんできたりもしてねえ。庭の垣根に山茶花《さざんか》の花がびっしり咲いていたこととか、隣の家の塀に、白猫がいつも昼寝していたとか、坂の下に小さな児童公園があって、ベンチがある日、薄紫に塗り替えられていたとか……、そんな些細《ささい》なことを確かに覚えているんですよ。それに、充夫との食事の風景とかも……。目玉焼きとポテトサラダとコーヒー、ヨーグルトにライ麦パンのトースト」

「え？」

「充夫が家を出て行った朝のメニューです。わたし、目玉焼きを少し焦《こ》がしてしまって、それでちょっとした口論になったんです。ええ、ほんとに二言か三言。それも覚えてますよ、はっきりね。『何だ、目玉焼きも作れないのか』って充夫の一言に、わたしが言い返したんです。『朝は忙しいの。洗濯物も干さなきゃならないし、お風呂掃除もしなくちゃならないし、あなた暇なんでしょ。文句言うなら、自分でやってよ』って。充夫は何か呟《つぶや》いたきり黙り込みました。そのとき、充夫は失業中だったんです」

「まあ、それは知りませんでした」

自分の間の抜けた受け答えに、赤面する。知らなくて当然ではないか。就職が決まっただの、昇進しただの、給料が上がっただの、めでたいこと、つまり自慢にできることなら口にもしようが、夫が失業中だなどと言いふらす妻はまず、いない。

「頭の良い人だったんです。小学校から大学まで、ずっとトップクラスの成績だった、大学は首席で卒業した。それが、本人も義母もなにより自慢にしていたぐらいですから。でもね、佐伯さん。裏を返せば、それくらいしか自慢できるものがなかったって、ことにもなるでしょ。そう思いません」

「思います」

今度は迷わなかった。正直に頷く。

伊世子の言葉に共感する。

学歴とか、成績とか、出身校とか、一番わかり易くて一番儚《はかな》い自慢の種だ。人を支えるのにさほど役にはたたない。か細い穴だらけの柱のようだ。過剰に期待し寄り掛かれば、いとも容易く折れてしまう。そのことに思い至っている者は案外、少ない。

「社会人になって会社勤めを始めて、やっと、充夫は自分が他人より特別に優れた人間ではない、ごく平凡な能力しか持ち合わせていないのだと気がついたようです。気がついたなら、そこで人生観なり生き方なりを変えようとすればよかったのでしょうが……。プライドが邪魔をするのか、なかなか難しくて……。本当は十代の内に、気付いておかなきゃいけなかったんでしょうね。自分がどれほどの者なのかって」

「はい……。でも、それも難しいですよね。自分を過大にも過小にも見ないっていうの、なかなかできないことです」

伊世子の口元が緩んだ。

微かに笑ったのだ。

「ほんと、そうですねえ。自分を過大も過小もしないって言葉にするのは簡単だけど、なかなかできるものじゃないですねえ。いえ、むしろ、できる人なんていないんじゃないかしら。でも……うちの夫の場合は、あまりに自己評価が高過ぎて……。だって平気で『おれの周りは馬鹿ばかりだ。誰もおれの実力を測れないんだ』なんて平気で言うのですよ。これじゃ会社で良好な人間関係を築けるわけがないですよね。結局、辞めざるを得ない状況になってしまって……。それでも、まだ意固地に自分のプライドにしがみついてたんです。佐伯さん、そんな風に感じたこと、なかったです？」

「わたしですか？　それは……いえ、なかったです。道ですれ違ったときに、ご挨拶する程度のおつきあいでしたから、深いところは何にもわかりません。ただ、そんなに愛想の悪い方ではなかったような……、いえ、むしろ、とても優しい物腰の柔《やわ》らかな方という印象でしたけど」


当時、美菜子は新婚ほやほやで三階建てのアパートの一室を借りていた。小さな風呂場と小さなキッチン、和洋室がそれぞれ一間あるだけだったが、満ち足りていたのを覚えている。アパートの玄関の横には桜の大樹が植わっていた。春には豪奢《ごうしゃ》に花を開かせ楽しませてくれるのだが、秋になるとやたら落ち葉が多くて、掃いても掃いても、すぐに山のように積もった。

室が一階だったこともあり、落ち葉掃きが苦にならないこともあり、美菜子は毎日のように玄関掃除を一人でこなしていた。

「ご精が出ますね」

ある朝、いつものように竹箒《たけぼうき》を使っていると声をかけられた。顔を上げる。男が会釈《えしゃく》をするのが見え、美菜子もぎごちないおじぎを返した。

男は上等なスコッチのコートを着ていた。ソフト帽をかぶり、黒いカバンを提げている。身に着けている物といい、雰囲気といい、紳士然とした男だった。

「いやぁ、毎朝の掃除、たいへんですね」

「はい。あ、でも、掃除は好きなので」

「そうですか。いや、いつもここを通るたびに掃除をしておられるので、つい、声をかけてしまいました。あ、わたし、西国寺と申します。この先の坂を上った所に家があるんですよ」

「西国寺さん……。あぁ、奥さまとは時々、お会いします」

近所にフラワーアレンジメントを教える教室があって、知り合いに強引に誘われ断り切れず、三カ月ほど通った。そこで、西国寺伊世子と顔見知りにはなっていた。伊世子も美菜子と前後して、教室をやめていたが、その理由が美菜子と同じ〝稽古の後の長いティータイムが苦痛だから〟だった。

お茶を飲みながら、自分や他人の作品をゆったりと観賞する。建前はそうだが、実際は隣近所のうわさ、家族自慢が話の中心で、他者を選別しようとする雰囲気が漂っていた。

それが嫌で、苦手で、月謝の他に材料費やお茶代が入り用なのも負担だった。

「何だかねえ。わざわざお金を払って、他人のうわさ話や自慢話を聞くことないですもんねえ。フラワーアレンジメントそのものは、結構、おもしろかったんだけど。どこか、もっとさっぱりした、技術だけを教えてくれる教室がないかしら」

「ほんとにね」

「もしそんな教室を見つけたら、佐伯さんにも連絡するわね」

「ええ。長く通えるような所がいいですねえ」

そんな会話をスーパーで交わした。人見知りしがちな美菜子が、意外に気楽にしゃべれた気がする。

西国寺が帽子に手をやり、二度、頷いた。

「ええ、佐伯さんの話は、伊世子から聞いています。とても誠実な良い方で知り合いになれてラッキーだったと、言っておりました」

「まあ……」

頬が熱くなる。

わたしのこと、そんな風に見てくれていたんだ。

恥ずかしくて、嬉しかった。

「伊世子は遠方から嫁に来て、係累《けいるい》もほとんどいないんです。どうか、話し相手になってやってください。お願いします」

「あ、はい。こちらこそ」

頭を下げる。

風が吹いて、せっかく集めた落ち葉を美菜子の足元に散らした。風に急《せ》かされたかのように、西国寺は足早に立ち去って行った。

話し相手になってやってください。

もしかしたら、あの一言を告げたくて声をかけたのでは。

美菜子が思い至ったのは、ベージュのコートの背中が曲がり角に消えて、暫く経ってからだった。

西国寺充夫ときちんと話をしたのは、後にも先にもこの時一度きりだ。それでも、妻を思いやる夫の優しさが伝わってきて、印象は決して悪くなかった。少なくとも、プライドばかりをむやみに肥大させ、相手を見下すことでしか己の優位を保てなくなった愚かさは感じ取れなかった。

「じゃあ、佐伯さんは充夫に気に入られたんですね。あの人、気に入った女性にはとても優しくなるんです」

「え？　まさか、そんな……」

「そうなんです、本当に。逆に気に入らないとなると、とことん冷淡にもなれる男でした。あの朝も、わたしの口答えが気に障《さわ》ったらしく、朝食にはほとんど箸を付けないまま、ぷいと家を出て行ったきり行方不明になってしまって。一月《ひとつき》ほどして、出て行ったときと同じようにひょっこり戻ってきて……。でも、そのとき、充夫がどんな服装をしていたか、どんな顔つきだったか、まるで覚えてないんですよ。二度目に家から出て行ったのは、そのときから二カ月ほど経ってからです。でも、何が原因だったのかも覚えていません。思い出せないんです。記憶が虫に食われたみたいに、あちこち穴が開いてしまって……。だから、ごめんなさいね。佐伯さんのことがわからなくて。でも、わたし……N町で暮らしていた時間を記憶から消し去りたいんです。カーテンを閉め切って、家に閉じこもっていた日々をなかったものにしたいんです。その思いが強過ぎるんでしょうね。あのころの知り合いがみんな、ぼんやりしてしまって……ほんとに、ごめんなさい」

伊世子が低頭する。

ひえっと悲鳴を上げそうになった。

「い、伊世子さん。止《や》めてください。謝られたりしたら、こ、困ります。こちらこそ申し訳なかったです。伊世子さんの事情を知りながら、声をかけたりして……。すみません、知らない振りをしとけばよかったんですよね。すみません。ほんとに、すみません。ごめんなさい」

必死に詫《わ》びる。

自分の浅はかさを恥じている。

「いえ、いいんですよ。まさか、こんな形で佐伯さんに再会できるなんて思ってもいなかったから、ちょっと驚いてしまって。佐伯さん、お子さんはいらっしゃるの？」

「はい。娘と息子が」

「あら、娘さんがいらっしゃるのね。羨《うらや》ましいわ。わたしは息子が一人いるだけ」

「あ、じゃあ、さっき飛び出していったのは」

「……ええ、息子の淳也《じゅんや》です」

告げられたとたん、あの少年の眼が誰に似ていたか思い至った。

西国寺充夫だ。

「どうも、難しい子でねえ。やはり、父親がいないと男の子って駄目なのかしらね」

「父親がいない……」

「ええ。充夫は今も家を出たままなんですよ」

それは二度目の失踪からずっとという意味だろうか。

考え、美菜子はすぐに、胸の内でかぶりを振った。

そんなわけはない。

あの少年はまだ、十代の前半だろう。十三か十四か。香音と同じぐらいかもしれない。とすれば、淳也は充夫が二度目の失踪から戻ってきた後に、生まれたことになる。

充夫は帰ってきたのだ。一度目も二度目も。

伊世子が軽く肩を上下させた。それだけのことで、空気が緩む。美菜子はほとんど無意識に息を吐きだしていた。

「充夫は二度目も一月ほどで帰ってきました。帰ってきて半年後に、西国寺の実家に引っ越ししたんです。充夫の収入は無いにも等しくて、わたしのパートの賃金だけでは食べていかれなかったのが一番の理由でしたね。西国寺家は昔からの資産家でしたから。わたしは、親に頼るより二人で何とかがんばろうと諭したのですが、聞きいれてもらえませんでした。そうこうしているうちに、義父が亡くなったこともあって、帰らざるを得なくなったんです。正直、気は進まなかったけれど、実家に帰れば、充夫も落ち着き、じっくり仕事を探してくれるかもと期待もあって……。それにN町にいると、何かとうわさの対象になるでしょ。それに耐えていける自信が、わたしにはなくてねえ」

「教室のこと、思い出したんですか」

洒落《しゃれ》たカップに紅茶を注ぎ、クッキーやスコーンを頬張りながら、巷《ちまた》のうわさ話に耳を傾ける。そこに、自分と夫のことが話の種として舌に載せられる。おもしろおかしく、有ること無いこと語られる。

想像しただけで身が竦《すく》むではないか。

しかし、伊世子は首を傾げ、口を僅に開けた。

「教室って?」

「あの、フラワーアレンジメントの教室です。一緒に通っていた」

「フラワーアレンジメント?　まあ、そんなものを習いに通っていた?　すっかり忘れているわ。まったく、頭の中にないの」

「あ……そ、そうですか。でも、あの、ほんの少しの間でしたから。覚えてなくても仕方ないかも……」

ガタンッ!

ドアの向こうで、物の倒れる音がした。

思わず、そちらに顔を向ける。さっき、伊世子が出てきたドアだ。何の変哲もない、木製のドアだった。

「義母なの」

伊世子が、何度目かのため息を吐いた。

「もう何年も寝たっきりで。このところ、認知症も進んでるんです」

「それじゃあ、伊世子さんがずっと看護を？」

「まあ。ヘルパーさんやお医者さまに助けて頂きながら、何とか」

「あの……では、西国寺さんは……」

「主人はこちらに帰ってから数年は働いていました。でも、やはりどこも長続きしなくて……。淳也が生まれてからは、ほんとうに転々と職業を変えていましたね。たぶん……焦っていたのでしょう。息子が物がわかりだしたころには、ちゃんとした仕事、世間がりっぱだと称賛《しょうさん》してくれる仕事に就いていなければって。わたしは、親子三人が何とか食べていければ、それでいいって何度も言ったのに、おれに相応しい仕事を見つけるんだって言い張って。そのくせ、相応しい仕事がどんなものか、本人にも見当がついていなかったんですよ。ふふ、まるで子どもでしょ。見栄っ張りの子ども。もう、うんざりしちゃいましたよ。でも……わたしにはここより他に行く所がないんです。両親はとうの昔に亡くなって、家は取り壊されてしまいました。ええ……わたしには帰る場所がなくて、ここで生きるしかないんです。だから、離婚もせずに我慢してきました。淳也はそんな家の重い空気に耐えられないと言うのです。無理もないかもしれません。実際、父親は自分で決めて帰ってきたというのに、仕事が続かず、義母に責められる日々が続くと、ふいっと出て行ったまま、一月も二月も帰ってこなくなるのです。もう、逃げることが習い性になってしまったんでしょうね。嫌なこと、苦しいこと、辛いことからさっさと逃げ出してしまうんですから」

ガタン、ガタッ。

物音が激しくなる。

「義母が癇癪《かんしゃく》を起してるんです。右手だけは自由になるので、杖を振り回してはあっちこっちの物を倒したり、叩きおとしたりするんです。ベッドの周りに、倒す物がないと余計に癇癪が酷《ひど》くなって、ほんとに、もう……」

いい加減にしてほしい。

そう伊世子の唇が動いた気がした。

「じゃあ、佐伯さん。また、いつかゆっくりお話しましょ」

「ええ、ぜひ」

と答えたけれど、伊世子は既に背を向けてドアを押していた。

「はいはい、お義母さん、今行きますよ」

ドアが閉まる。

閉まったドアを美菜子は見詰めていた。ほんの束の間、一秒か二秒だったが銀色のノブが鈍く輝いて、眼に焼き付いた。

「ふーん、なかなかの役者ねえ」

背後で呟きがする。耳朶《みみたぶ》にふっと人の息がかかった。

「きゃっ、せ、先生」

「ちょっと、佐伯さん。何よ、そのリアクション。あたしは幽霊でも鳥人間でも地底怪獣でもないんだからね」

「い、いや、先生が人間なのはよくわかってます。でも、急に後ろに立たれると、びっくりしてしまって」

「ふふん、とかなんとか言っちゃって、ほんとは耳朶ふっに感じちゃったんじゃないの。佐伯さん、案外、感じ易いかも。試してみようかしら、それ、ふっふっふ」

「先生、もういいですって。くすぐったいだけですから。それより、役者ってどういう意味なんですか」

「またまた、おとぼけなんだから。佐伯さんだって思ったんでしょ。この女、演技をしてるんじゃないのかってね」

伊世子が演技をしていた？

そんなことを感じただろうか。

感じた。微かに、確かに感じた。

「でしょう。第一、何よ。記憶がはっきりしないだの斑だの、猫の模様じゃあるまいし笑っちゃうわよ。まあ、そういうことにしとけば、突っ込まれても言い逃れはできるものね。政治家がよく使う手口じゃないの。記憶にありません。覚えておりません。わたしゃ何にも知りませんってね。それに、うまーく、佐伯さんから情報を聞き出そうとしてたでしょ。つまり、佐伯さんが西国寺充夫の失踪事件を知っているかどうか、当時、どこに住んでいたか、バストのサイズは？　貯蓄額はどれくらいだろうって具合にね」

「バストのサイズと我が家の貯蓄額なんて、誰も知りたがっちゃいません。先生、いい加減なこと言わないでください」

闘一を軽く睨《にら》んでみる。

闘一は右手の先を跳ねるように動かした。美菜子の睨みなど、跳ね返して気にもならないというジェスチャーらしい。

「佐伯さん、あれは偽者《にせもの》ね」

腕を組み、闘一がにやりと笑った。

「偽物……何がです？　このドアですか」

木製のドアは何の飾りもない一枚板で、そっけない分、重厚に感じる。これが偽物？　合板ということだろうか？

「そうよ、そのドア。ドアに見えて実は蒟蒻《こんにゃく》なんじゃない……って、そんなわけないでしょ。佐伯さん、勝手にボケるのはやめて。漫才やってるんじゃないんだから」

「は？　わたしはボケたつもりはないですけど……。でも、それじゃ何が偽物なんですか」

「伊世子に決まってるでしょ。いえいえ、あの女、偽者よ。伊世子じゃないわ」

「ぎょえっ。まっまさか」

「もう、妙な声で叫ばないで。絞め殺される寸前の豚だって、もう少し上品な声を出すわよ」

闘一が眉を顰《ひそ》める。美菜子はその鼻先で、手を左右に振った。

「だって、先生。伊世子さんが偽者って、そんなことあり得ません」

「あら、なぜ？」

「だって、わたし、今話をしたんですよ。伊世子さんと」

「伊世子の偽者とよ。顔立ちは伊世子とよく似ている女ね。偽者だったら、佐伯さんのことも、昔のことも覚えていないの当たり前でしょ。覚えてないいんじゃないわね。初めから知らないんだから、忘れようがないわ。だから、よくしゃべったでしょ。一人、ぺらぺらぺらぺらぺらぺらぺらぺら、よくあれだけ舌が回るわねって感心するぐらいしゃべったじゃない」

「先生には及びませんけどね」

「はい？　何て言ったの、佐伯さん。聞こえなかったけど」

「あ、いえ、別に。でも、しゃべったら駄目なんですか」

「あれ、みんな説明だったじゃない。昔を知っている佐伯さんに、筋の通った説明をして納得させなくちゃって、内心焦り焦り、しゃべってたんじゃないの、あの女」

　確かに、伊世子はよくしゃべった。

　どこか芝居をしている気配もあった。

だからと言って、偽者だなんて言い切れるだろうか。いや、それはあまりに突飛だ。

小説なら設定できるだろうが、現実では考えられない。あの和服の女性は、西国寺伊世子だ。

「あの人が偽者なら、本物の伊世子さんはどうしたんですか。どこにいるんですか」

「おそらく、土の中、地面の下でしょうね」

「ええっ？　それって、まさか……」

「その、まさかよ。まさかまさか、ここで、『まさか冬眠ですか』なんてボケをかまさないこと。一気に、モチベーション下がるから」

「いや、そんなベタなボケはしません。でも、先生、伊世子さんは殺されて、土に埋められたっておっしゃってるんですか」

「そうよ。今ごろはもう、完全な白骨死体ね。土の中で十年以上、熟成されたわけだから、りっぱな白骨になってるわよ」

熟成って、言葉の遣い方まるで間違ってるし。

胸の内で、再び呟く。呟きながら、頭がくらくらしてきた。

「じゃあ、先生。本物の伊世子さんを殺して、埋めたのは……犯人はだれなんです」

「亭主に決まってるでしょ。殺人犯は西国寺充夫よ」

闘一は事もなげに、そう言い切った。言い切り、口の中の唾を飲み込むと、腰に手をやり胸を張った。

「この前、あたしの家で佐伯さんは失踪事件じゃなくて殺人事件について、しゃべったのよ」

「そんな……」

そんな気は毛頭なかった。

「やっぱり佐伯さんね。ちゃんと、殺人事件を呼び寄せてたじゃない。ふふふ、ほんと、さすがよ。あたし、ちょっと尊敬しちゃうかも」

闘一が笑う。その声が鼓膜《こまく》に突き刺さってくる。

美菜子は口を半ば開けたまま、笑う闘一を見上げていた。ただ、ひたすら見上げていた。

「それじゃ、本題に入りましょうか」

と、闘一は言い、紅茶をすすった。そして、満足気な吐息を漏らした。

「あぁ、このマーマレードティーの美味《おい》しいこと。さすがだわ日向ちゃん。あなた紅茶の名人ね。もう、文句なく認めちゃう」

確かにその通りだ。濃《こ》い目のホットティーにマーマレードが柔らかな甘みを与えている。ラム酒の香りが仄《ほの》かに漂い、大人のティータイムといった趣《おもむき》だ。ずっとミルクティーばかり飲んでいたけれど、シナモンやマーマレードは少し苦手だったけれど、このごろ、好きだと思える。豊かさを感じる。これも小さな変化だろうか、どんなにささやかであっても〝好き〟が増えていくのは嬉しい。

「ほんとに、美味しいです。チーフ」

「今、一瞬だけど、あたし、このティーのためなら命を賭けてもいいって気分になっちゃった」

「それは些《いささ》かおおげさでしょうけど、でも、ありがとうございます」

日向が軽く頭を下げる。

THKの事務所だ。

既に午後の七時近くになり、窓の外には夜の景色が広がっていた。三十分ほど前に、一日のミーティングを終え、スタッフは急ぎ足で帰っていった。事務所内にいるのは、美菜子と闘一、それに日向の三人だけだ。

日向の私生活について、美菜子はほとんど何も知らない。年齢さえ確かなことは知らなかった。家族の話を聞いた覚えがないから、天涯孤独の身の上なのだろうかと考えたことはある。しかし、日向から深い孤独感とか寂寥《せきりょう》感は僅《わず》かも漂ってこない。むしろ、さばさばと乾いた軽やかな雰囲気が伝わってくる。少なくとも、美菜子にはそう感じられた。

闘一は完全独り身だ。そして、美菜子も今日は一時的にだが、家族から解放されていた。

夫の慶介は明後日まで出張、香音は友人の誕生日パーティに招かれて九時まで帰らない。大吾も所属している少年剣道チームのお泊まり合宿に参加していた。

家族がそれぞれにそれぞれの場所で過ごしている夜。自分だけの時間。微かな解放感が美菜子の内を巡っている。

「ねえ、佐伯さん、ちょっと話があるんだけど」

ミーティングの後、闘一から誘われたとき、美菜子は躊躇《ためら》いなく「はい」と頷《うなず》いていた。美菜子自身、闘一と話がしたかった。

西国寺伊世子のことで。

「じゃあ、日向ちゃんにとびっきり美味しいお紅茶でもご馳走になりながらに、しましょう」

闘一が片目をつぶる。

「ミーナ、先生の毒牙《どくが》にかからないように気を付けてよ。きゃあ、考えただけで怖いーっ」

帰り支度をしていた樹里が頓狂《とんきょう》な声をあげた。

「うるさいわよ、小娘。何であたしが佐伯さんなんかを襲わなきゃなんないのよ」

「あーっ、佐伯さんなんかだって。それ、ミーナにすんごく失礼じゃないですかあ。先生、ひどーい」

「え？　あ、いや、ち、違うわよ。えっと、だから、女になんか興味がないって意味でしょ。佐伯さんは、すてきよ。女にしとくのがもったいないぐらい」

「うわわわ、すてきって言いましたよね。やだぁ先生、もしかしたらミーナに惚《ほ》れちゃった？」

「馬鹿なこと言わないでよ。あたしが、佐伯さんなんかに惚れたりするもんですか。

あ、違うのよ、佐伯さん。違うの。誤解しないでね。あたしは、女性一般に興味がないって言ってるだけなの。佐伯さんを個人的にどーとかこーとか思ってるわけじゃないのよ。なんかってとこに、あんまり反応しないでね」

「あ、はい。それはよく、わかっていますので」

「ほら小娘。佐伯さんぐらいの大人になると、何でもちゃんとわかってんのよ。あんたのオムツがとれていないようなオツムとはわけが違うんだから」

「きゃはは。先生、それオムツとオツムを引っ掛けたつもりですか。やだ、だっさーい。ギャグのセンス、イマイチですよぉ。あ、じゃあ、お先に失礼しまーす」

賑《にぎ》やかな笑い声と足音を残して、樹里が出ていく。同じ建物にある保育所に紘美ちゃんを迎えに行くのだ。

樹里は十七歳で母親になり、十八歳でシングルマザーになった。見た目も言動も今どきの若者っぽく、軽く、いいかげんで、騒がしいだけに思える。「まったくねえ」と世間から眉《まゆ》を顰《ひそ》められるタイプの一人だ。

しかし、樹里は軽くも、いいかげんでもない。多少騒々しくはあるけれど。

自分の仕事を見つけ、娘を育て、地に足を着けて暮らしている。誰にも頼らず、縋《すが》らず、甘えず生きている。なかなかできることではない。ただただ、感嘆する。

美菜子は樹里の強さが、必死に生きながらその必死さを曖《おく》にも出さない潔《いさぎよ》さが好きだった。とても好ましい。

闘一との息の合ったやりとり（美菜子には、そうとしか見えない）もおもしろく、一緒に居て実に楽しい相手だった。

「まったく、何よ、あの躾《しつ》けのできていない小娘は。ほんと、頭の中、空っぽなんだから。日向ちゃん、もう少しスタッフ教育をしっかりやらなきゃ駄目でしょう」

樹里の出て行ったドアを横目で睨《にら》み、闘一が鼻を鳴らした。

「でも、樹里はお客さまの受けはけっこういいですよ。きちんとした仕事ができますから。それは、先生もよくご存じでしょ」

「ふん、まあね。人間、何か一つくらい取り柄があるもんよ。まあ、あの小娘にすれば、唯一の取り柄の掃除上手を仕事にできたんだから運がよかったわよね。おめでたいこと。けど、あたしに対する態度がいまひとつ納得できないのよね」

「といいますと」

ティーポットに湯を注ぎながら、日向がちらりと闘一を見やった。

「あたしは作家よ。しかも、一流の。チョウベストセラー&チョウ人気&高額納税者の作家じゃない。小娘、少しリスペクトが足らないんじゃないの。何かにつけ、あたしをからかおうとするし、口答えするし、やってらんないわよ」

「あの……先生」

美菜子は躊躇いがちに口を挟んだ。

「樹里さん……、先生のご本、よく読んでますよ。前作の『魔女の腐乱死体』はとてもおもしろかったって言ってましたし」

「ああ、あれね。まあ、佐伯さんの話をヒントにさせてもらったのよ。ほら、洋館に住んでたお婆さんと家政婦さんの話よ。お婆さんが腐乱死体で発見されたのよね。あの話に触発されて書いたわけ。けっこう評判でさ。まあ、あたしが書いたんだから、おもしろいのも売れるのも評判になるのも、当たり前っちゃあ当たり前なんだけどさ。でもまあ、あの小娘、ちゃんと読んでたのね。なかなか、感心じゃないの。ほほほ。で、佐伯さんは？」

「は？」

「は？　じゃないわよ、佐伯さん、『魔女の腐乱死体』読んでくれたんでしょ。あたし、ちゃんと献本してあげたんだから」

「あ、それが……まだ……」

「まっ、読んでないの。ちょっと、もう半年も前のことでしょ。どういうつもりよ」

「す、すみません」

　身を縮める。

　本は嫌いではない。でも、読むのはもっぱら恋愛小説か青春小説だ。ミステリーは苦手ではないが、肌に合うものと合わないものがはっきりと分かれてしまう。闘一が今連載中だという物語、ヒロインが突然、殺人犯の濡れ衣を着せられる物語はおもしろそうだ。一冊にまとまったら、読んでみたい。しかし『魔女の腐乱死体』なる作品はどうにもおどろおどろしく、美菜子の好みではなかった。

　人が殺される場面、人を殺す場面、死体が転がっている場面、血が流れる場面、読んでいると気分が悪くなる。まして、腐乱死体絡みとなると、とても読み通す気にはなれなかった。闘一のサイン入りで送られてきた本は、タイトルからして気味悪く、赤と黒を基調とした表紙にも馴染めず、数ページ目を通しただけでそのままにしておいた。ただ、那須河闘一のファンである慶介は、サイン本に少なからず驚き、まじまじと妻の顔を見詰めてきた。

「どうして、おまえに那須河闘一が本を送ってきたりするんだ」

「……仕事でちょっとお知り合いになったの」

「仕事って、那須河闘一はこの辺りに住んでるのか」

「あ、いや、それは……個人情報の範疇《はんちゅう》になるから……。ごめんなさい。わたしたちにも守秘義務があるの」

「そうか……。いや、しかし、すごいな。あの那須河闘一から直接、新刊が届くなんて信じられん。なぁ、これ先に読ませてもらっていいか」

「あ、どうぞ」

慶介は二日ほどで読み終えたらしい。「いやぁ、おもしろかった。さすが那須河闘一だな。半端なくおもしろかったぞ」と、満悦の体だった。その笑顔を思い出し、闘一に告げる。

「あ、あの夫が先に読んで……。あの、とてもおもしろかったらしくて……、嬉しそうでした。夫は、本が大好きなものですから」

「おもしろいのはわかってるわよ。あたしが書いたんだもの。おもしろくないわけがないでしょ。あたしの書いたものがおもしろくない確率なんて、北極でライオンがフラメンコを踊ってる可能性より低いんだから。わかってる」

「あ、はぁ……それって、0パーセントってことでしょうか」

「そうよ。0よ0。特に今回の『魔女の腐乱死体』は自信作なわけ。いつも自信があるけど、いつもに輪をかけて、花飾りや標縄《しめなわ》までつけてもいいぐらいの自信作なの。なのに、佐伯さんはまだ、読んでもいない。あぁ、こんなことってあるかしら。あぁ嫌だわ、嫌、嫌。あたしの厚意を無にするなんて、信じられない」

「す、すみません。正直、読むのが怖くて……」

さらに身を縮めたところに、日向が助け船を出してくれた。

「さあ、どうぞ。今夜の紅茶は特別、美味しいですよ。月子さんお手製のマーマレードがあったので、マーマレードティーにしました」

「あら、嬉しい。肉体労働の後は甘い紅茶が一番よ。気が利くじゃない。日向ちゃん」

「はい、どうも。で、先生」

「何よ」

「先生は西国寺伊世子さんを偽者《にせもの》だと疑ってるんですよね」

「あら、佐伯さんたら、日向ちゃんにもうしゃべっちゃったの」

「いえ、わたしは……」

「聞こえたんですよ。リビングで先生、いえ、闘一くんの仕事の点検をしてたんです。つまり、ガラスがきちんと磨けているかって。そしたら、廊下から二人の声が聞こえてきたんです。仕事の手を休めるなって注意するつもりだったんですけど、でも……話の内容があんまりおもしろそうだったので、つい……」

日向が肩を窄《すぼ》め、ちろりと舌を覗かせた。いかにも、ばつの悪そうな顔つきになる。

「立ち聞きしちゃいました」

「ふふん。まぁ、そんなとこよね。あたしと佐伯さんが組めば、日向ちゃんでさえ仕事を忘れる内緒話ができるわけ。史上最強よ、あたしたち。ね、佐伯さん」

「は？　いえ、わたしなんか……」

「またまた、そんな意味のない謙遜《けんそん》をする。佐伯さんの悪い癖《くせ》よ」

「謙遜なんかじゃありません。わたしには、先生のおっしゃることが、本当によくわかってないんです。伊世子さんが偽者で本物の伊世子さんは十年以上も前に殺されているなんて……。その、どうしても信じられなくて、とても現実とは考えられません」

そう、考えられない。小説やテレビドラマでならまだしも、現実の中で起こりうるとは、どうにも信じ難い。

闘一は人の何倍も想像力に富むものだから、現実と非現実の境を苦もなくまたぎ越してしまう。けれど、美菜子はそういうわけにはいかない。現実はいつも、確固たる壁として目の前に立ちはだかる。そう簡単に越えられる代物ではないのだ。

だから、戸惑う。

あまり現実離れした話を突きつけられれば、興《きょう》を覚えるより先に戸惑い、狼狽えてしまう。そして、気になってしまう。「ちょっと現実的に考えられませんね」と一笑に付すこともできない。闘一の口調は、それこそ自信に満ちて揺るぎがなかった。もしかしたらと思ってしまう。思わされてしまう。心に引っ掛かって仕方ない。

今夜、ゆっくり闘一と話ができるなら願ってもないことだ。

「事実は小説より奇なりって言うでしょう」

闘一が呟く。ティーカップを持ち上げ、ふっと息を吐いた。

「世の中の出来事の内には、虚構《きょこう》よりずっと摩訶不思議《まかふしぎ》なものがあるの。それもかなりの数ね」

美菜子の胸の内を見透かしたような一言だった。

「事実は小説より奇なり、ですか」

「そうよ。これ、バイロンの言葉らしいわよ。まぁ、ロマン派の代表的詩人にして、男爵《だんしゃく》。そして世間に対する反逆者。『チャイルド・ハロルドの巡礼』で社交界の寵児《ちょうじ》となりながら、異母姉とのスキャンダルで故国を追われ、ギリシャの独立戦争に参加して、戦病死した男。その数奇な運命を辿《たど》れば、確かに事実は小説より奇なものよねえ。あぁ、バイロンってどんな男だったのかしらねえ。伝説じゃなくて生の姿を知りたいわぁ。あれこれ想像する度に、ため息と涙が出てきちゃうの」

「はあ……」

「高校のときに、彼の『ドン・ジュアン』に出逢ったときは胸が震えたものよ。あの冷笑、あの機知、あの情熱って何なのかしら。当時のイギリス社会を風刺しながらも」

「先生、日本の話をしましょう。ミーナもあたしも、いつまでもここにいるわけにはいきませんから。それと、せっかくの紅茶が冷めないうちに、どうぞ」

日向がさりげなく、いや、かなり露骨に話題を軌道修正する。

「あぁ、そうね。惜しいけどバイロンについては、今度の機会に譲ることにするわ。それまでに読んどいてね、佐伯さん」

「はい？　バイロンの詩集をですか」

「あたしの作品よ。『魔女の腐乱死体』。わかったわね」

「はい。か、必ず」

今度、バイロンの話をするのがいつになるのか見当もつかなかったが、本気で返事をしていた。

「それじゃ、本題に入りましょうか」

闘一はそう言って、紅茶をすすった。そして、その風味と日向の腕前を褒めあげた。

今日の機嫌は、かなり良いらしい。それはおそらく、窓拭きの仕事を日向から認められたからだろう。「闘一くん、初めてにしてはちゃんとできてます。わたしが拭き直す必要はほとんどなかったですからね。もう少し、時間が短縮できれば完璧です」と。

小説については自信満々で、自らを天才と公言して憚《はばか》らない闘一が窓拭きを褒められて、子どものように頬を染めた。

先生、かわいい。

美菜子が思わず微笑んでしまうほど初々しい横顔だった。

「ようするによ。これは、西国寺充夫とその愛人が仕組んだ殺人事件なのよ。タイトルをつけなくちゃいけないとなると、まぁさしずめ『消えたのは誰だ（仮）』となるわね」

日向が真顔でかぶりを振った。

「タイトルは別段、つける必要はないでしょう。西国寺充夫というのは、伊世子さんの旦那さんですよね」

「他に誰がいるってのよ」

闘一が鼻の先に皺を寄せ、ふんと息を吐いた。初々しさなど欠片《かけら》もない横顔だった。

「愛人っていうのは誰です。西国寺さんには愛人がいたんですか」

「いたわよ。あなたたち、今日、会ったじゃないの」

日向が腰を浮かす。美菜子もイスから立ち上がっていた。膝がテーブルに当たり、ティーカップの中の紅茶が揺れた。

「先生、それ……どういう意味ですか」

声が喉に絡んで、上手く出てこない。

「まんまじゃない。今日、佐伯さんが伊世子だと思ってしゃべってた相手は、じつは伊世子ではなく、充夫の愛人だったたってわけ。だから、あたし言ったでしょ。あれは偽者だってね」

「そんな……信じられません。いえ、そんなことありえません。あの人は伊世子さんです」

「どうして、言い切れるのかしら、佐伯さん」

闘一の眼がすうっと細められた。妙にねっとりとした光が宿った。

「ちゃんと答えなさいよ。どうして、あの女が伊世子自身だと言い切れるの」

「そ、それは……当たり前のことで……。だって、伊世子さんとは別人だなんて、そんなことありえないです」

「あら、どうして？ 佐伯さんの言ってることって、全部、感情論じゃない。全然論理的じゃないわ。そんなんだとミステリー小説なんて一生かかっても書けないわよ」

いや、ミステリー小説を書く気はありませんから。と、喉まで出かかった一言を飲

み下す。その代わりに、

「あの、でも、失礼ですけど先生のお話も論理的だとは言えないんじゃないでしょうか」

　そう言い返す。

「何ですって！　佐伯さん、もう一度、言ってごらんなさい」

「ひええっ、す、すみません」

「チョウベストセラー&チョウ人気&高額納税作家である、このあたしを愚弄《ぐろう》するとは、いい度胸じゃない。それだけの覚悟はしたうえで、暴言を吐いたんでしょうね」

「ひえっ、ぐ、愚弄だなんて、そ、そんな気はまるでありません。まったくありません。せ、先生、落ち着いてください」

「これが落ち着けますか。氷の美貌と頭脳を持つとまで称されたあたしに向かって、論理的じゃない？　は、笑わせるんじゃねえぜ。このトウシロが、がたがた抜かしやがって」

「先生、興奮しすぎです。キャラが間違ってますよ。それと紅茶、冷めない内に飲んでください。あ、これも月子さん手作りのチョコクッキーです。ご一緒にどうぞ」

日向がクッキーを差し出す。

「あら、やだ。チョコクッキーまであるの。あたしの好物じゃない。なかなかやるわね、THK。遠慮しないでいただくわ。ふむ……あん、美味しい。ビターな大人の味」

「はい、月子さんはお菓子作りの名人ですから。それでは、先生」

日向は眼鏡越しの視線をまっすぐに、闘一に向けた。

「先生の推理、『消えたのは誰だ』のストーリーを聞かせていただきましょうか」

「タイトルは仮よ。もう少し、センスのいいやつを考えるから」

「了解です。仮タイトルでいきましょう」

「え？　は、あの……今話してるのは、先生の新作の内容なんですか。あたしはてっきり、伊世子さんのことかと……」

ガタン。音をさせて、闘一が立ち上がる。腰に手を当て、マーマレードティーを飲み干した。

「うぃーっす、美味い。日向ちゃん、おかわりちょうだい。ラム酒たっぷりで」

「はい、それも了解です」

闘一は一度軽く頷くと、両手を背後で組んだ。

ソファーとイスとテーブル。簡素な応接セットの周りをゆっくりと歩き始める。

「あたしはね、佐伯さんの話を最初に聞いたときから、ピンと来たのよ。これは、只《ただ》事《ごと》じゃないわって、ね。ええ、そうよ。カンってやつよ、カン。癇癪《かんしゃく》の癇じゃないわよ。いわゆる第六感、閃《ひらめ》きってやつ。『きみは、すばらしく勘がいいね』『そうね、どうしてだかあなたに対してだけ、勘が働くの。不思議だわ』『それは、ぼくのことを気に掛けている証《あかし》。そう思ってもいいのかな』『さあ、どうかしら。あなたの勘ではいかが？　うふふ』という勘よ。因《ちな》みに引用したのは三年前のあたしの話題作で」

「先生、勘についてはあたしもミーナもよぉくわかりましたから、話を進めてください。先生の勘に、どういう風に只事ではないとピンときたんですか」

「もう、日向ちゃん、急かさないでよ。物には順番ってものがあるんだから。まぁ、いいわ。ちゃんと説明してあげる。まずは、西国寺充夫の失踪事件についてね。確か二度もいなくなっちゃってるのよね、充夫は。そこんとこが、どうも頂けないの」

立ち止まった闘一に向け、身を乗り出していた。

「どうしてですか。伊世子さんの話だと、充夫さんは、その……」

「プライドが高くて、現実と向き合うことができなくて、自己中心的で、要するに社会と不適合をおこしている男なんでしょ」

「いや、そこまで酷くは言ってなかったはずです」

「佐伯さん、いちいち細かいところに口を挟まないで」

「ひえっ、申し訳ありません」

身体を縮め、改めてイスに腰を下ろす。

「ほんと細かいところで……あら、でも細かくはないわね。肝心なところよ、それ。ねえ、佐伯さん、今、あたしが言った西国寺充夫像って、みんな、伊世子が……偽者だけど便宜上、伊世子って呼ぶわよ。文句ないわね」

「まったく、ありません」

「けっこう。じゃ続けるわ。えっと、みんな、伊世子がってとこからね。みんな、伊世子がしゃべったことよね」

「充夫さんについてのことなら、そうですけど」

「あなたは、どう感じてたの」

「はい？」

闘一の眉間に皺が寄る。ちっと舌打ちの音がした。

「もう、鈍い人ね。西国寺充夫の為人《ひととなり》についてよ。あなた、十何年前にちらっとでも会ったことあるんでしょ」

「あります」

ご精が出ますね。

あの晩秋の朝、その一言をきっかけに充夫と言葉を交わした。

「そのときの印象はどうだった？　伊世子が言うような、どうしようもない駄目男っぽかった？」

「いえ……むしろ……」

「むしろ？」

「育ちがいいというか、紳士然としているというか、穏やかというか、奥さん思いの優しい方。そんな感じでした。もちろん、一、二分立ち話しただけなので、たんなる印象に過ぎませんけれど」

にやっ。闘一が笑った。

我が意を得たり。あの慣用句を人間の顔で表せばこうなるという表情だった。どこか狡猾《こうかつ》な雰囲気さえ漂う。

「てことは、伊世子の話とは明らかに矛盾してるわよね。世をすねて逃避しちゃうようなタイプじゃないわよねえ」

「はあ……。でも、本当にわたし、ちらっと話をしただけなので何とも言いようがないと」

「お黙り！」

「わわっ、ご、ごめんなさい」

「そうなの、充夫は頭もいいしプライドも高い。ただし、一時的な感情に煽《あお》られて、現実から逃避しちゃうような真似はしない男なのよ。もっと、冷静で、自信家で、歪《ゆが》んでるの」

闘一が再び歩き出す。

「ミーナ、これ食べて。ほんと、美味しいよ」

日向が小声でクッキーをすすめてくれる。闘一の足音がやけに響く。美菜子はクッキーを口に運んだ。ほろ苦さと甘さが絶妙に混ざり合っている。ラム酒入りの紅茶とよく合って、美味しい。

「そう、歪んでるの。充夫はね、自分のことを選ばれた人間だと思ってた。小さいころから神童と呼ばれ、勉強でもスポーツでも何でも人より抜きんでてできたのよ。母親に溺愛《できあい》されて、おまえは他人とは違うんだ、素晴らしい子なんだと言われ続けて大きくなったわけ。当然、自分でもそう信じて青春時代を過ごしたのね。ところが、いざ、社会に出てみると、自分程度では天才なんて誰も呼んでくれない。もっと優秀な、もっと能力のある男も女も、いっぱいいたわけ。でも、そのことを充夫は認めることができなかった。青春時代に制御方法を学ばなかったプライドは病的に膨れ上がっちゃって、完治不能なところまできちゃってたのよ。佐伯さん、聞いてるの」

「はい、き、聞いてまふ」

「滑舌《かつぜつ》が悪いわね。何を口に入れてんの。あたしみたいな作家から、直接、話が聞けてるのよ。その幸運、わかってるの。真面目に耳を傾けないと、罰《ばち》が当たるわよ」

「でもそこまでは伊世子さんの話と被《かぶ》りますよね。肥大し過ぎたプライドのために、等身大の自分を認められず、社会との折り合いがつかなくなった男。先生、ここからが違ってくるんですか」

日向が落ち着いた声音で、闘一を促《うなが》した。慣れたものだ。

「違ってくるのよ。確かに充夫はどうしようもない男だったけれど、力もあったのよ。ある意味邪悪な力がね。歪んだ思考力といいかえた方がいいかしら。彼は考えた。自分を受け入れない世間に挑戦してやると。つまり、完全犯罪を実行してやるとね」

「完全犯罪！」

美菜子と日向の声が重なった。二人は顔を見合わせ、ほとんど同時に首を傾げた。その反応は、闘一をいたく喜ばせたらしい。

「きゃっ、やだぁ二人とも。びっくりしちゃった。ほほほ、どうよ、あたしの閃き。素人には及びもつかないでしょ。これが一流のプロ作家のお頭《つむ》の回転てものよ。おっほほほほほ」

「完全犯罪というのは、具体的にはどんな犯罪になるんです」

日向が上目遣いに、笑う闘一を眺める。戸惑いが少々に、興味が大半、それにちょっぴりの危惧《きぐ》が混ざっている眼つきだ。おそらく、自分もよく似た眼になっているだろうと、美菜子は思う。

闘一の話は突拍子もないくせに、微かなリアルさを纏《まと》っている。そして、どこにどう暴走するかわからない危うさも含んでいた。

どこまで本気で聞いていいのか戸惑うけれど、ただの妄想だと笑えない迫力がある。聞いていて、おもしろくはあるが疲れもした。

「妻殺しよ」

「妻殺し！」

また、叫んでいた。今度は、美菜子だけだ。日向は無言で紅茶を飲んでいる。

「あら、日向ちゃん、驚かないの。つまんない」

「あたしたちを驚かそうとしてるんですか、先生」

「ち、違うわよ。あんたたちを驚かしたって一文の得にもならないじゃない。だから、つまり、充夫は完全犯罪を実行しようとしたの。妻、伊世子を殺しながら、ばれないようにする。いや、殺人があったことさえわからないような殺し方をする。それが、充夫の考えた完全犯罪なの。きっと、伊世子って妻は充夫にとって世間を体現する存在だったのね。常識的で、きちんと世間と折り合って生きている。充夫の思い込みや自己評価の異常な高さを批判することも、諭《さと》すこともあったでしょ。伊世子にすれば、夫をまともな人間の範疇《はんちゅう》にもどしたい一心だったんでしょうけれど、充夫にはそれが腹立たしくてたまらなかった。伊世子という姿を借りて、世間が自分を責め立てているような気がしたんじゃない。まあ、伊世子は気の毒よね。とんだ、とばっちり、ほとんど八つ当たりで殺されちゃったんだから。だから、結婚なんかするもんじゃないの。ろくなことにならないって昔から決まってんだから」

「充夫さんは妻である伊世子さんを殺すことで、自分を認めない世間に復讐《ふくしゅう》しようとした。そういうわけですか」

「そうよ」

「そうとう歪んでますね」

「歪みまくってるわ。蛸《たこ》の足だってもう少しまっすぐよ。厄介なことに、こういう歪み方って、外からはなかなか窺《うかが》えないの。充夫って見た目は紳士然……だったわね、佐伯さん」

「はい。いたってまともな……」

紳士だった。

そんな歪みを抱えているようには、とうてい見えなかった。

カタカタッ。

窓が鳴った。

風が出てきたのだ。

ただの風の音に心臓が縮む。

完全犯罪。妻殺し。歪んだ心。復讐。

闘一の口から零《こぼ》れる一言、一言がなんとも禍々《まがまが》しい。それを、ただの虚構として聞き流していいだろうか。

事実は小説より奇なり。

風の音が響く。

美菜子は、ティーカップを強く握り締めた。

「先生」

日向が眼鏡を指で押し上げた。

「な、なによ」

闘一は腰に手を当て、胸を張った。露骨《ろこつ》な虚勢《きょせい》のポーズだ。日向に突っ込まれると、闘一は時々、こんな風に緊張する。隠し事を抱えた子どもが母親の前に立つときのように構えるのだ。

「なによ、なによ。文句あんの、日向ちゃん」

「文句なんかありません。ただ、もう少し具体的に話してください。少し、曖昧《あいまい》なところが目立ちます」

「曖昧って……」

「詰めが甘過ぎます。というか、まったく詰め切れてませんね。ガラス磨きに譬《たと》えれば、ざっと拭いただけで汚れが取り切れていない状態です。とても及第点はあげられません」

「……日向ちゃん、相変わらず厳しいわね」

「わたしは掃除のプロ、先生は物を書くプロです。プロに相応《ふさわ》しい仕事をしないと」

「あたしの場合、前に一流を付けてくれない。プロにも一流、二流、三流。松竹梅。甲乙丙、ランクABC。いろいろあるんだから。そこんとこは、ちゃんと区別して欲しいわ」

「はい。では、先生、一流の松の甲のランクAのプロの仕事をしてください」

「もちろんよ、かかってらっしゃい」

闘一がさらに胸を反らす。鼻から息を吐く。

「あのう……」

美菜子はおそるおそる口を挟んだ。闘一が胸を反らしたまま、睨《にら》みつけてくる。

「なによ。佐伯さんも文句あるわけ」

「いっ、いえ。いえいえいえ。も、文句だなんてとんでもないです。ただ、その……あの、ちょっとお訊《き》きしたいことがあって」

「なによ。質問なら、要領よく手短にしてよね。あの、そのは無しよ。いらいらしちゃう。いらいらってお肌に悪いのよ。あたし、一度肌荒れしたら治り難《にく》いんだから気をつけてね」

「え？　あ……はい。て、手短にします。あの、えっと、先生は西国寺充夫さんがお、奥さんの伊世子さんを殺したとして、それで、わたしたちが伊世子さんだと思っていたのは、いえ、今でも伊世子さんとして西国寺家で暮らしているのは、充夫さんの愛人だったとして……。でも、そんなこと現実に可能なんでしょうか」

しゃべっているうちに、少し舌が回るようになった。このごろ滑《なめ》らかにしゃべれるようになったとはお世辞にも言えないが、途中で黙りこむことは、ほとんどなくなった。それが、ちょっぴり、嬉しい。誰にも言わないけれど、四十の自分が変わっていく、変わっていける確信を美菜子は覚えていた。

幾つになっても変わっていけるなんて、すごいことだ。これから未来《さき》も、どう変わっていけるのか。わくわくする。

「ふーん、なにが言いたいのかしら、佐伯さん」

闘一の顔が目の前十五センチぐらいまで接近してくる。指が美菜子の顎《あご》を持ち上げた。

「うふふん。もうちょっと単刀直入にお言いなさいよ。ちゃんと言えたら、ご褒美にキスしてあげるわ」

「い、いえ、それはけっこうです。まったくもって遠慮《えんりょ》します。あの、あの、あの、つまり、ひ、人が入れ替わるってそんな簡単なことじゃないですよね。周りをみんな誤魔化さなくちゃいけないわけで、つ、つまり、偽者ってことがばれないほど、本人とそっくりじゃないと駄目でしょう。顔形だけじゃなくて、声や口調や仕草なんかも……。違和感もたれたら、おしまいじゃないですか」

にやっ。

闘一が笑った。会心の笑み、だろうか。不敵な笑いだろうか。ともかく、美菜子に向かって笑みを向けた。

指が離れる。離れた指がパチッと鳴った。

「それよ。この話の肝はそこにあるわけよ。なぜ、十何年にもわたって偽者の伊世子は、周りを騙《だま》し通せたか。それができてこその完全犯罪と充夫は考えていたわけよ。自分はただの殺人者ではない。完全殺人者だと。つまり一流の松の甲のランクＡの殺人者だと思い込みたかったのね。ふん、人殺しに一流も二流もないわよねえ。作家には、あるけど。うふっ」

「あの、先生、ですから」

「黙って、お聞き！　ここからは、あたしがしゃべるの」

「はっ、はい。すみません」

闘一がまた、歩き回り始める。

日向がそっと、紅茶を注いでくれた。

「あたしの推理だけど、まあ、あたしの推理はたいていは事実なのよ。ぴったり当たっちゃうの。怖いぐらい。これが、一流、松、甲、Ａランク作家の力ってもんかしら。さらに言うなら、チョウベストセラー&チョウ人気&高額納税の」

「先生、推理を続けてください。時間がありません」

日向が言う。きっぱりした口調だ。

「わ、わかってます。だからね、充夫の失踪《しっそう》は一度目は本物だったの。能力ないくせにプライドばっかり肥大させた充夫は、仕事も家庭も上手くいかなくなって、自棄《やけ》になって飛び出しちゃったわけね。よくある話よ。で、悲劇は、伊世子にとっての悲劇はここから始まるの。充夫は家を出て、行く当てもなく、ふらふら日本のあちこちを彷徨《さまよ》ってた。お金は持ってたのよ。ほら、西国寺家って旧家で資産家って設定なんだから。まぁ、だから、充夫は多分にお坊っちゃん気質だったのよねえ。世間知らずのまま、おとなになっちゃったの。反対に伊世子は堅実なサラリーマン家庭に育ったしっかり者。あー、それとも、子どものとき父親の経営していた町工場が潰れて、貧乏暮らしを嫌というほど経験しているって設定の方がいいかしら。でも、うーん、ちょっと、あざといかしらねえ。悩みどころだわぁ」

闘一が切なげにため息を吐《つ》く。

「設定……なんですか、先生」

「設定よ、設定。まあ、いいわ。そのあたりは後で詰めればいいわね。日向ちゃん」

「問題ありません。続けてください、先生」

「続けますとも。ふらふらしていた充夫は、さる山間《やまあい》の温泉町で運命の女と出逢うの。宿泊した旅館で仲居をしていた……仮に、梅子としておくわ」

「年齢からして、些《いささ》か古臭い気がします。ね、ミーナ」

「はい。親戚に梅子っておばさんがいます。今年、八十九ですけど」

　ふんと、闘一が鼻を鳴らした。

「一々、うるさいわね。じゃあ、桜子、いえ、葵《あおい》って名前にするわ。それでどうよ」

「異議なし」

「葵を一目見て、充夫は息が止まるほど驚いたの。妻の伊世子にそっくりだったのね。髪型や化粧を似せれば、見分けがつかなくなるんじゃないかと、充夫は思ったの。思った瞬間、頭の中に完全犯罪って言葉が閃《ひらめ》いたのね。この辺りが前半の山場になるの、佐伯さん」

「はあ、山場ですか」

「そう、山場よ、山場。充夫はその旅館で伊世子殺害の計画、殺人計画を練り始めるの。むろん、その計画には葵は不可欠の存在よね。充夫は言葉巧みに葵を籠絡《ろうらく》して犯罪に引き入れた。だから、まあ、上辺《うわべ》だけでも魅力的な男だって設定にしなくちゃ駄目よね。どことなく、女心をくすぐるところがあるの。ああ、そうね、母性本能を刺激しちゃうキャラにするわ。ふふふ、甘えっ子のかわいい殺人者。いいんじゃない」

「はあ、キャラですか」

「そう、キャラよ、キャラ。充夫を愛してしまった葵ははからずも、殺人計画の片棒を担ぐことになった。共犯者になることを決意したのね。葵は幼いころ両親を失い、天涯孤独の身の上だった。それも、充夫にとっては都合がよかったわけ。葵って女が消えても、気に掛ける者はいないわけだものね」

「伊世子さんの方はどうします」

日向がひらっと手を振った。

「幾らそっくりだとはいえ、親兄弟、昔からの親友といった伊世子さんをよく知っている人の目をどう誤魔化しますか」

「うーん。そうなの、そこが難問なの。伊世子も家族、親族との繋《つな》がりが薄い設定にしたいんだけど、葵と被《かぶ》るのはNGよねえ」

「あの……」

美菜子は日向と闘一をかわるがわる見やりながら、ほんの少し前のめりになった。

「伊世子さん、たぶん、天涯孤独……かどうかはわかりませんが、家族や親族の人たちとはほとんど交流はなかったと思います」

わたしはここより他に行く所がないんです。

伊世子の声がよみがえる。

両親はとうの昔に亡くなって、家は取り壊されてしまいました。

ここで生きるしかないんです。

せつない声だった。あのせつなさを諦観《ていかん》と言うのだろうか。諦めた者の暗さと強さを纏《まと》った声だった。

「あら、そうなの。事実は小説より奇なり、ね。まっ、いいわ。伊世子の過去については、少し手を入れて入り組んだ物にしちゃう。その方が、読者を謎に引っ張り込み易いし」

「はあ、読者ですか」

だんだんわけがわからなくなる。わからないなりに、おもしろい。美菜子はソファーに座り直し、紅茶を飲み干した。

ミーナ、おかわりは?

いえ、もうけっこうです。ごちそうさまでした。

時間、だいじょうぶ？　もうすぐ終わると思うけど。

平気です。先生のお話、最後まで聞きたいですから。

日向と眼だけで会話する。

「さて、続けるわよ。葵という駒を手にして、充夫は伊世子の許《もと》に帰った。きっと、反省しこれから真面目に働くとか何とか、甘い言葉で赦《ゆる》しを乞《こ》うたのね。『きみを愛している』『きみがいなければ、ぼくのような男は生きていけないんだ』なんて歯が浮くような甘い言葉をささやいたのよ。あぁ、嫌だ。だから男って嫌よねえ。あら、ほんとに歯が疼《うず》きだしたわ。明日は歯医者の予約を取らなきゃ。憂鬱。嫌いだわぁ。機械のあのヒューンって音。聞いてるだけで失神しちゃいそう」

「先生」

「はいはい。ごめんなさい。時間がないのよね。えっと、伊世子としても頼りとする親も兄弟もいない身だし、まだ、充夫を愛していたしで、元通りの夫婦になることを選んだのね。それが、死への一歩になるとも知らず。このあたりで、一つか二つエピソードを入れて、いよいよ殺人の場面よ。いくわよ、佐伯さん、覚悟して」

闘一の手にはいつの間にか細長い布が握られていた。床の空ぶき用の古布、ウエスだ。これで力を込めて磨くと、床はじわっと艶《つや》を増してくる。

「せ、先生。覚悟って……」

「ある雨の夜のこと、充夫は伊世子の背後から静かに忍び寄ったのよ。そして、太い紐《ひも》をこうやって」

闘一がウエスを引っ張る。それから、両手を交差させた。

「伊世子の首に回し、絞めあげたの。力いっぱいね。ぼきっ！」

「い、今の音は何です」

「頸椎《けいつい》の折れる音よ。伊世子は絶命した。夫の手によって、殺害された。この場面をどう描くかで全体の雰囲気が変わってくるわね。あまり大袈裟《おおげさ》にしないで、あっさりと書いた方が却《かえ》って、怖ろしいかもね」

「はぁ、全体の雰囲気ですか」

「伊世子を殺し、充夫はその死体とともに姿を消す。これが二度目の失踪事件となるの。どこか深い山中に死体を埋めに行ったわけね。でも、失踪の理由はそれだけじゃない。殺した伊世子の代わりに葵を伊世子にしたてておかなくちゃならない。伊世子は生きている。つまり、殺人事件などどこにもなかったってことになれば、これ、完璧な完全犯罪じゃない。被害者のいない殺人事件が成立するわけ」

完璧な完全犯罪って言い方、おかしくないですか。

ミーナ、細かいところに拘《こだわ》ってると先生がヒステリー起こすから。抑えて、抑えて。

あ、そうですね。気を付けます。

これも視線だけの会話だ。

「だけど、さっきから二人に指摘されてるように、いくらそっくりとはいえ赤の他人の葵が、伊世子になりきれるわけがないわ。親戚縁者はいなくとも、近所の知り合いやちょっとした友人たち、佐伯さんはここに入ってるの、わかるわね」

「はい、わかります」

「けっこう。だんだん飲み込みが早くなってるわよ、佐伯さん。だから、葵は佐伯さんたちみたいな人となるべく接しなくて済むようにしなくちゃいけなかったの。さも伊世子が生きている風に、ちらっちらっとは姿を見せても、長く話をしたり、お茶したりするわけにはいかないでしょ。けど、急に家に閉じこもるのも不自然よねえ。で、不自然を自然に変えなくちゃいけないと、なる」

ああと声をあげそうになった。

「そうか。旦那さんが失踪したとなると、塞《ふさ》ぎこんで家に閉じこもってもおかしくないですよね。いや、むしろその方が普通かも」

「でしょ、でしょ。しかも、多少雰囲気が変わっても、暗ーい感じにしておけば周りは納得してくれるわけよ。『西国寺さん、何だか雰囲気変わったわね』『しょうがないわよ。あんなことがあったんですもの。窶《やつ》れもするでしょ』『そうねえ、お気の毒』『うちの亭主なんか、ごろごろしちゃって鬱陶《うっとう》しいったらありゃしない。いっそ、一月ほど消えてくれたらいいのに』『それよ、それ。男ってどうして、あんなに面倒臭い生き物なのかしら』『でもさ、急にいなくなったりされてもねえ……』『ほんとねえ、西国寺さん、かわいそう』『かわいそう、かわいそう』なんてね」

闘一は数人の声音を使い分け、主婦たちのおしゃべりを再現した。

似たような会話を聞いた覚えがある。そうだ、充夫の二度目の失踪の後、スーパーの前で、数人の主婦たちが立ち話をしていた。「西国寺さん、お気の毒ね」「なにがあったのかしら」「わたしの聞いたところではね……」

伊世子はかっこうの話題にされていた。とても、いたたまれまい。家に引きこもるのも当然だと、美菜子は思った。誰でも、思うだろう。しかし、あれが芝居だったとしたら……。

「それで、ふらっといなくなる癖《くせ》のある困った夫がふらっと帰って来たけれど、どうにも居づらくて、夫婦で夫の実家に帰っちゃった。となったわけよね、現実は」

「はい、まあ……」

「誰も何一つ、怪しまなかった。うわさの種にはしたけれど、伊世子本人が本当は殺されていたなんて考えもしなかった」

「はい。いいえ、でも、殺されたかどうかは……」

「完璧でしょ。完璧なストーリーじゃない」

「はあ、ストーリーですか」

「ストーリーよ、キャラよ、物語よ、設定よ、構成よ。きゃっきゃっきゃっ。なーんか、すごくおもしろくなりそうじゃない。やだ、あたしこそカン、ぺ、キかも」

「あの、でも、先生。あの、そんなこと可能でしょうか。あの、一時的ならまだしも、ずっと他人になりすましているなんて、そんなことできるもんなんでしょうか」

「人によりけりよ」

闘一はあっさりと言った。

「佐伯さん、人間にはね二つのタイプがあるの。大樹型と水型よ」

闘一は、美菜子の鼻先に指を二本突き出した。よく手入れの行き届いた爪が艶やかに光る。

「大樹型は決して姿を変えないの。葉が散ったり、実が生《な》ったり多少の変化はあっても、全体としては変わらない。『これが、わたしだ』的にどしっとしてるのね。それに比べると、水型の人ってのは入る器によってどんな風にも姿を変えるの。水がそうであるようにね。丸い器に入れれば丸く、四角い容器に注がれれば四角く、ガスタンクならガス臭くなっちゃうの」

「ガスタンクに水を入れちゃうんですか。それはちょっと」

「冗談に決まってるでしょ。丸い、四角い、ガスタンクって最後で落としてるんじゃないの。佐伯さん、ギャグがわかんないのね、もう、知らない。床を磨くのもいいけど、ギャグのセンスも、もっと磨きなさいよ。あら？　今の、ちょっとおもしろいと思わない」

「あ……はい。お、おもしろい……かも」

「先生」

日向がため息を吐いた。

「話を進めてください」

闘一が姿勢を正した。

「はい。だから、葵は水型人間だったわけ。環境に沿って自分の形を変えられるタイプ。もしかして、西国寺伊世子を演じているうちに、自分が……葵、あら日向ちゃん、葵の苗字ってなんだったたっけ？」

「まだ、決めていません」

「じゃあ取りあえず、大川《おおかわ》さんでいいかしら」

「いいと思います」

「えっと、自分が大川葵じゃなくて、西国寺伊世子だったたって思い込んじゃってるのかもしれない。ああ、そうね。そうしましょ。葵は混乱するのよ。大川葵と西国寺伊世子の間で揺れ動き、自分が何者かわからなくなる。殺人の共犯者であるという良心の呵責《かしゃく》もあって、徐々に徐々に精神の均衡を失っていくの。むふふ、この葵の崩れていく過程が後半の山場ね。むふふふふふ」

闘一の双眸《そうぼう》が煌《きら》めいた。口元が緩《ゆる》み、舌先が覗く。その舌が唇を舐《な》める。美しいだけに、何とも不気味な表情だ。

「で、葵の破滅はどこから始まりますか。もう構想に入ってるんですか、先生」

日向も笑っていた。にやり、にやりと。闘一ほどではないが、やはり不気味だ。美菜子は二人の間で身体を縮めた。

「歯医者よ」

不気味な笑顔のまま、闘一が答える。

「葵がある日、買い物の途中で急に歯が痛くなって、近くの歯科医院に駆け込むの。ところが、そこはかつて伊世子が治療に通っていた病院だったわけね。当然、カルテが残っているわ。ところが、そのカルテと目の前にいる西国寺伊世子の口中の様子が一致しないのよ。歯並びとか、治療痕とかがね。そりゃあそうよね、赤の他人ですもの、一致するわけないわ。若き歯科医師……玄葉与三郎《げんばよさぶろう》は、これはおかしいと、葵を疑うのね。この女は本当に西国寺伊世子なのかと……。むふふふふ、むふふふふ。どうよ、これ。身元不明の死体なんか歯型を照合するでしょ。本人確認には最適なのよ。むふふふふ。実はさっき、歯が疼いたとき閃いたの。やだっ、あたしってば、やっぱ天才かも。やだ、自分の才能が怖い」

「若いにしては、名前がむちゃくちゃです。せめて与を取った方がいいと思いますよ。先生、名前のセンスがイマイチです」

普段の顔つきに戻った日向がかぶりを振った。

「わ、わかってるわよ。天才那須河闘一の唯一の弱点は、名前が付けられないことなの。編集者から度々、名前のダメだし喰らってんだから、骨身に染みてます。あーわかったわ、了解よ。与、取っちゃいます。与を取った玄葉三郎はどうにも気になって、真実の解明に動きだすの。でも、しだいに葵に惹かれていく。葵もまた、三郎を愛してしまうの。そして、全てを打ち明けようとする。でも、駄目。充夫がいるわ。充夫は葵の裏切りを知り、葵を殺そうと決意するの。二度目の完全犯罪を企てたわけ。伊世子の件がばれなかったから調子に乗っちゃってるのね。一度成功したんだから二度目も失敗するわけがないと思い込んでんの。連続殺人犯にはよくあるタイプよ。それに、充夫は人を殺すのがおもしろくなってんのよ。伊世子を絞殺したときの感覚が忘れられなくなってる。生まれ付きの殺人鬼なの。うん、いいわね。そういう設定にしちゃうわ。で、葵を毒殺しようと、『今夜はぼくが料理を作るよ。ワインに合うイタリアンなんてどうだろう。それとも、和食がいいかな』って台所に立つのね。やだ、ストーリーがどんどんできちゃう。ああ、見えるわ、見えるわよ、佐伯さん」

「あ、そ、そうですか。登場人物が動き出したんですね、そのシーンが見えるんですね、先生」

「ちがうわよ『消えたのは誰だ（仮）』が大ベストセラーになってる場面が見えんの。きゃあきゃあ、もうすごい失神しそう。神よ、神が今、あたしに降臨《こうりん》したの。日向ちゃん、佐伯さん。あたし、帰るわ。もう、創作意欲がめらめらしてきたの。これから、書いて書いて書きまくるわよ」

「はい。先生、がんばってください。でも、食事だけはちゃんとしなきゃ駄目ですよ。それと、お風呂もちゃんと入ってください。この前みたいに、三日三晩、食べず寝ずで書いたりしちゃいけませんよ。今度、倒れたら入院ですよ。先生の大嫌いな点滴されちゃいますよ、それに」

ドタッ、バタッ。ドドドッ。

闘一が事務所から走り出ていく。日向の忠告はまったく耳に届いていなかったようだ。階段を降りる足音が遠のき、消えた。

「まったく、先生ったら」

日向が軽やかな笑い声をたてた。

「でもよかった。これで、当分、スランプとは縁がなく過ごせるな」

「えっ、先生、スランプだったんですか？　そんな風には見えなかったですけど」

「うん、症状が軽いとね、わりに気が付かないんだ。本人も気が付かない振りをして、妙に陽気になったりしちゃうからねえ。でも、その症状を放っておくと、どんどん悪化しちゃって、もう、どよーんとなっちゃうの。そうなると、なかなか快復しないから、厄介《やっかい》。今回は早目に気が付いて、早目に手が打ててよかった」

「あっ！」

「え？　なに？」

「チーフ、もしかして、先生に窓ガラスを磨かせたのって、スランプ脱出のためなんですか」

日向が瞬《まばた》きをする。美菜子を見詰め、ふわっと笑んだ。いろんな笑い方ができる人だ。

「当たり。ミーナ、いい勘だよ。身体を動かして汗をかいたり、普段、絶対にやらないことをしたりすれば、意外に心身が軽くなるの。先生には効果的な脱出方法かな」

「チーフ、先生のこと詳しいんですね」

「まあ、長い付き合いだから。今や那須河闘一のエキスパートだよ。正直、面倒臭い人ではあるんだけど、どうも憎めなくて、ほっとけなくて……。どうしてなんだろうなあ」

「出来の悪い弟を見守る姉の心境じゃないですか」

「あぁ、それが一番、近いかも」

日向が指を鳴らす。闘一同様、澄んだいい音が響いた。

「さぁ、あたしたちも帰ろうか。すっかり遅くなっちゃったね」

「あ、はい」

ティーカップを重ねて、洗い場に運ぶ。

「ねえ、ミーナ」

日向が背後から声をかけてきた。

「はい」

「さっきのは、先生の頭の中の物語だけど、西国寺家って確かにいろいろありそうだよね。掃除してみて思った。りっぱなんだけど、淋しそうな家だなって」

「はい……」

伊世子の疲れた横顔を思う。

朗《ほが》らかに笑うことを忘れてしまった顔だ。

「それにね、リアルな謎が一つ、あるんだ」

手を止める。カップと皿がぶつかって、小さな音をたてた。

「リアルな謎？」

振り返る。日向と視線が絡んだ。

「うん。ずっと胸に引っ掛かってる。今でも、そう。ねえ、ミーナ」

「はい」

「西国寺さんは、どうしてTHKに仕事を依頼してきたんだろう」

指先から雫《しずく》が滴る。床に落ちて、染みになる。

「どうしてって……、掃除を依頼するためにでしょう」

「うん、そうなんだけど。清掃を請け負う業者なら他にもあるよね。もっと大手の全国チェーンのところもあるんだし。うちみたいな小さな会社にどうして、連絡してきたんだろう」

「評判がいいからじゃないですか。THKの評判、口コミで広がってるって月子さんから聞きました」

「うん。それは嬉しい事実ではあるんだけど……。でも、ミーナのいるTHKに、西国寺さんから依頼が来る。それで、ミーナと伊世子さんは繋がったわけだよね。それって偶然？　たまたまなの？　だとしたら、もう奇跡的としか言いようがないよね」

言われてみれば、確かにそうだ。

長い時を経て、美菜子は伊世子と再会した。

これは偶然？

偶然だ。そうとしか考えられない。考えようがない。

「チーフは偶然じゃないと……誰かの意図が働いていると思っているんですか」

まさか、それはありえない。誰かが意図的に伊世子と美菜子を出逢わせたただなんて、ありえない。誰にそんなことができる？　なんのためにそんなことをする？

「わからない。偶然にしちゃうのが一番、頷《うなず》けるってわかってるんだ。でも、なんだか納得できないいんだよね。ミーナと伊世子さんを結びつけた誰かがいるんじゃないかって、そんな気がしてならないんだよねえ」

何十年かぶりに、ばったり知人に逢うことだってある。同じ日に同じ場所で同じ人とぶつかることだってある。

この世界は意外なほど偶然や奇跡に満ちているのではないか。

「まっ、ここであーだこーだ言っててもしょうがないね。そのうち、謎は明らかに」

「なりますか」

「わかんない。でも、今日はもういいよ。帰ろう。ミーナも疲れたでしょ。先生の話に付き合わされちゃってね」

「いえ。楽しかったです。小説ってあんな風にできあがっていくんですね。途中までは現実と虚構の区別がつかなくて、どきどきものでした」

「あれは先生のやり方。ミーナが先生のいい刺激になってるんだよ。まっ、あんな弟だけど、これからもよろしくね」

日向が片目をつぶった。美菜子は不器用でウィンクができない。だから、片目をつぶる代わりに、深く首肯してみせた。

帰り道、日向が送ってくれた。

古い軽自動車だが、乗り心地は悪くない。ほとんど装飾のない車内が、いかにも日向の車らしかった。

「事実は小説よりも奇なり」

助手席のシートにもたれ、呟く。ほとんど、無意識に零れたのだ。

「チーフ、先生の話って、全部が虚構なんでしょうか」

「さあ、どうかな。少なくとも何の根拠もない話だよ」

「でも……あんな風に話されると、現実とリンクしているところもあるんじゃないかって、そんな気もしてきました」

「そう？　じゃあ『消えたのは誰だ（仮）』、かなりの力作になるかもね」

信号が赤になる。

車がゆっくりと止まる。

横断歩道を歩行者が渡っていく。

右から左へ。左から右に。

えっ？

身体を起こす。

「うん、どうかしたの、ミーナ」

「いえ、あの……」

今のは、今、目の前を通り過ぎたのは、香音だ。

友人の誕生パーティに呼ばれているはずの香音がなぜ、こんなところを歩いている?

しかも、一人ではなかった。

香音の横には、背の高い少年が寄り添っていた。

あの少年は……。

信号が青に変わった。

車が走り出す。香音と少年は人混みに紛れ、見えなくなった。

香音だ。そして、少年は西国寺淳也だった。見間違いではない。玄関で闘一とぶつかった少年、伊世子の息子だ。

どうして、香音が。

窓の外を夜景が流れる。

美菜子は胸を押さえた。鼓動がはっきりと伝わってきた。

玄関のドアが開く音がした。

とっさに時刻を確かめる。

午後九時十五分。

時計の針はほぼ横一直線になっている。

「ただいま」

香音の声が響く。

少女にしては低い声音だ。それに小さい。香音は中学生になってからめっきり口数が減った。いつも、不機嫌そうに唇を結んでいる。ぼそぼそとしたしゃべり方は昔からだが、さらに声が籠《こも》るようになった。声を出すのが億劫《おっくう》でたまらない。そんな風にさえ思える。だからたまに、例えば授業参観の折や買い物の帰りに偶然、香音が友人たちとしゃべっている場面に出くわすと、驚いてしまうのだ。

香音は口をぱかりと開いて笑い、遠慮《えんりょ》ない大声をあげ、騒がしいほどだった。

家の内と外と。中学生とはこんなにも巧妙《こうみょう》に二つの顔を使い分けているのだろうか。ごく自然にそんなことができるのだろうか。それとも……。

無理をしてる?

無理をして他人に合わせている?

「明るくないと駄目なの。もたもたしていても駄目、ダサイのも絶対に駄目。明るくて、お洒落《しゃれ》で、いろんな話がさらっとできて、楽しい。そんなキャラじゃないと駄目なの」

あれはいつだったか……入学して間もなくのころだったろうか。香音がいつにも増して不機嫌な口調で、そう言った。

「あら、じゃあ、ママなんか絶対に駄目キャラになっちゃうね」

冗談めかして答えた。香音は軽く鼻を鳴らしただけで、ろくな返事はしなかった。

明るくてお洒落で、話題が豊富で楽しい。

確かに魅力的ではある。美菜子自身、そういう人物に憧れた覚えもある。でも、やはり、それは他人の形に過ぎない。自分には自分の形がある。優劣ではなく、良い悪いでもなく、自分だけの形があるのだ。それは一定ではなく、あちこちが伸びたりへこんだり、千切れたりくっついたりする。でも、どんな形にでもなるわけじゃない。粘土のように変化はするけれど、硬い核はある。自分という核だ。そこまでを無理やり他人の好む形に押し込めてしまったら、苦しい。その人の形がなくなってしまう。サイズの合わない服や靴を無理やり身につけるようなものだ。

苦しい。辛い。窮屈《きゅうくつ》でたまらない。

香音、あなた大丈夫？　無理をしていない？　苦しくはない？　辛くはない？　窮屈じゃないの？

心配だけれど、問うてみたいけれど、今は黙っている。一度、大丈夫かと問うて軽くいなされた経験がある。三者面談で担任から香音が明朗快活で協調性があると褒《ほ》められた後だ。

あたしなりに楽しくやっているのだと答えが返ってきた。「母さん、あたしに、あんまし拘《かか》わってこないでね」とぴしゃりと拒まれもした。

親の気持ちを何だと思ってるのと腹立たしくもあったが、腹立ち以上に安堵《あんど》していた。

香音、強いなあ。

無理をしながらも香音だったら、自分の形を見つけ出す。そんな気がする。母親の欲目かもしれないが、自分を見失わないだけの強さは備えていると信じられた。

けれど、今夜はまた別のことを問い質《ただ》さなければならない。こちらは、そうかと納得して、見過ごせる類《たぐい》のものではない。

いつもは聞き逃すこともある香音の声が、はっきりと耳に届いてきた。家の中は静かだ。慶介も大吾もいない。テレビも消してある。物音はほとんどしない。けれど、「ただいま」の一言が鮮明に聞こえてきたのは、静寂のせいばかりではなかった。美菜子が聞き耳を立てていたからだ。香音が帰ってくるのを今か今かと待ちかまえていたからだ。耳は玄関のドアを開ける前の足音から、ちゃんと捉えていた。

「帰りましたぁ。あれ、どうしたの？」

リビングのソファーに座る美菜子をちらりと見やり、香音は首を傾げた。真っ白なセーターの胸にサーモンピンクのリボンブローチを留めている。スカートも同系色のふわりと裾の広がったミニだ。セーターは誕生日に美菜子が贈ったものだ。とはいえ、香音がネットで選び代金を払ったに過ぎないのだが。

スカートには見覚えがない。小遣いをためて自分で買ったのだろう。

よく似合っている。

いつの間にか背も髪も伸びて、大人っぽくなった。小学生のころのあどけなさは、もう、ほとんど窺えない。

なぜだか、ため息が零《こぼ》れた。

「やだ。どうしたのよ。そんな暗ーいため息吐いちゃって。何かあったの？」

香音の口調がいつもより軽い。弾んでいる。

「香音」

「なによ」

「ちょっと座りなさい」

冷蔵庫からスポーツ飲料のペットボトルを取り出していた香音が振り向き、目を細めた。そこに警戒の色が浮かぶ。

「あたし、お風呂に入りたいんだけど」

「いいから座りなさい」

いつにない母親の強い口吻《こうふん》に、香音はペットボトルを手にソファーに腰を下ろした。

警戒の色が濃くなる。

「なによ、いったい……」

「香音、あなた、今日何をしていたの」

ずばりと問う。遠回しな尋ね方や持って回った言い方は苦手だ。

香音の黒目が左右に揺れた。

「何って、だから……」

「友だちの誕生日パーティに呼ばれたって言ったわね。同じクラスの仲の良い女の子の家に行くんだって、そう言ったわね」

「……言ったけど」

「それって嘘だったの?」

詰《なじ》るつもりはなかったのに、つい、身体が前のめりになる。言葉の端が尖ってしまう。香音が息を詰めた。ペットボトルを強く握る。

「さっき、偶然、見ちゃったの」

一息飲み込んで、美菜子は続けた。

「あなたが男の子と歩いているところ。駅前の交差点だったけど」

香音は何も答えない。返事の代わりのように頰が紅潮した。それが怒りのためなのか、羞恥《しゅうち》のせいなのか、あるいは戸惑いが故なのか、美菜子には摑めない。

「あれ……西国寺くんよね。西国寺淳也くん」

「そうだけど」

あっさりと香音は認めた。それから、ペットボトルをテーブルの上に置く。ポリエチレン製の容器を精緻な工芸品でもあるかのように丁寧に取り扱う。

「あのね香音、ママはあなたを責めようって思ってるわけじゃなくて、本当のことをちゃんと知りたいだけなの」

「ごめんなさい」

香音が不意に頭を下げた。両手を膝に重ね、座ったままだが深く低頭する。

「ママに嘘をつきました。ごめんなさい」

こんなに素直に謝られるとは予想していなかった。むしろ、拗《す》ねて黙り込むか、怒りを露《あらわ》にして家を飛び出すかだろうと考えていた。だから、美菜子なりに冷静に語ろうと心に決めていたのだ。

「ママが怒るの当たり前だよね。あたし、姑息《こそく》な嘘をつきました」

「え、いや……そんな姑息だなんて……」

姑息ってたしか、その場逃れって意味だったはずで……。

香音が素直なのにも、姑息というやや古風な言葉をすらりと使ったのにも虚を衝かれた。

「でも、誕生日ってのは嘘じゃないの。今日、西国寺くんのバースデイで……それで、あたし、一緒にお祝いがしたくて……。でも、男の子と二人でお誕生日を祝うって、そういうの……ママ、許してくれないでしょ」

「そうね。許さなかったでしょうね」

美菜子も正直に答える。

夜九時まで異性と二人で過ごすことに、「いいわよ」なんて承諾はできない。自分の気持ちにも、身体にも、将来にも責任をとれる年齢ではないのだ。

「『ごめんね、香音。でも、駄目よ。ママは絶対に許せないわ』って、きっと、そう言ったと思うわ。ママは西国寺くんのこと何も知らないし、わざわざ、こんな時間まで二人でいなくちゃならない理由もわからないもの」

ほっとする。

穏やかに話せている自分に安堵の吐息が漏れる。ちょっと前の美菜子なら憤《いきどお》るというより、親に嘘を吐《つ》いても一人の少年といることを選び行動した娘に何をどう言えばいいのか、どう対処すればいいのか思い悩み、くどくどと愚痴《ぐち》や文句を垂れ流したかもしれない。

昔よりりっぱになったとも成長したとも言い切るのは口幅ったいが、ちょっぴりだけれど懐《ふところ》は深くなった。娘をふわりと抱きとめられるようになった。

香音が頷いた。曖昧《あいまい》なところのない、確かな首肯だった。

「うん……。だよね。あたしがママでも同じこと言うもの。でも……だから嘘をついたの。あたし、ちゃんと西国寺くんの誕生日、お祝いしてあげたかったんだもの。でないと、西国寺くんがかわいそうで……。誰にもお誕生日を覚えてもらえないなんてかわいそうで……。西国寺くんは平気だよって言ったんだけど、ずっとそうだったから、別に構わないって……。でも、そんなの、それこそ嘘だよね。淋しいに決まってるでしょ」

「香音」

美菜子はソファーの上で居住まいを正した。

胸が騒いだ。

凶事の予感にざわついたわけではない。香音の話には、単に十代の嘘や、想い、事情を超えた、もっと重い、もっと複雑な何かが潜んでいる気がした。とっさに感じたに過ぎないのだけれど引っ掛かる。西国寺伊世子の面窶《おもやつ》れした姿が浮かび、消えない。

「ね、もう少し詳しく話してくれない」

「詳しくって……」

「西国寺くんとはどこで知り合ったの。どうして、一緒にお誕生日を過ごそうと思ったの。というか、西国寺くんはどうして、お誕生日を祝ってもらえないの。ね、聞かせて。怒ったり、あれこれ詮索するためじゃなくて……。ママ、知りたいの。その……上手く言えないけど、今、とっても重要なことを香音から聞こうとしているって……そう思えるの」

「重要なことって？」

香音が戸惑うように眉を寄せる。ほんの少し顎を引く。しかし、視線は美菜子に注がれたままだった。逃げたり、誤魔化したり、拒んだりしない真っ直ぐな眼差しだ。

「うん、そこのところも上手く説明できないんだけど、えっとね、西国寺くんのお母さんとママが昔、知り合いだったってこと、香音に言ったよね」

「うん、聞いた。ママがアルバムを見てたとき。びっくりしちゃった。心臓が飛び出すかってぐらい」

あのとき香音は目を瞠《みは》ったまま、ひどく苛立って見えた。あれは苛立ちではなく内心の驚愕《きょうがく》を悟られまいとする、精一杯の虚勢だったのか。

「西国寺くんとは美術部に入って知り合ったの。クラス違うから、ママは知らなかったと思うけど……」

同じ学年？　とすれば、入学式で伊世子とすれ違っていたかもしれない。お互い、まったく気が付かなかったわけだ。気付いていたら、お互いに相手を認めていたらどうなっていただろうか。ちらりと考えてしまう。

「西国寺くん、すごい絵が上手で、特に色使いが綺麗《きれい》で、あたしすごいなって、いつも見惚れてて……。それで、好きな画家とかの話もできて……。何度か一緒に画材を買いにいったりもしてたの」

「まあ、そうだったんだ」

まるで気取《けど》れなかった。

娘に芽生えた小さな変化をつい見逃してしまった。

「西国寺くん、絵のこととかはよくしゃべるんだけど、家のことになると、あんまりしゃべらなくて……」

「あら、それは香音だって同じでしょ。家族のことなんか、友だちとおしゃべりしないんじゃないの。あんまり話題にしたくないんでしょ」

香音は頰を染め、横を向いた。

「あたし、ママの話……西国寺くんにした」

「あら」

「あたしからじゃないよ。西国寺くんが尋ねてきたから。あの……だから、佐伯さんのお母さんってどんな人なのって……。訊かれたら答えなきゃいけないでしょ。しょうがないじゃん」

いつもの口調に戻り、つっけんどんにそう言う。

照れると、妙に攻撃的になる娘が微笑ましい。

「それで、香音、どんな風に話をしてくれたの」

「どんな風って……、ママについてなんかそんなに話すこともないし……。ただのフツーのおばさんだよって。あ……でも、働き出してからちょっぴり若返ったかななんて……」

「あら、ほんとに？　香音、そんな風に見ててくれたんだ。嬉しい」

「ちょっぴりだよ、ちょっぴり。調子に乗らないでよね」

「ちょっぴりでも嬉しいもの。だけど、西国寺くん、どうしてママの話なんか聞きたがったんだろうね」

「うん……。あの、西国寺くんが言うのには……他所《よそ》のお母さんがどんな風なのか知りたいって……。お母さんって幸せなものなのかどうか、知りたいって……」

香音はとても言い難そうにもごもごと口を動かした。高飛車《たかびしゃ》な態度も刺々《とげとげ》しい口調も払拭《ふっしょく》されている。気弱で、素直な生《き》の姿を晒《さら》しているようだ。

「西国寺くんのお母さん、とっても不幸なんだって」

「え？」

「その、つまり、あの……不幸って言うか、幸せそうには見えないんだって。いつも俯《うつむ》いてて、ため息ばっかり吐いて、笑ったりはしゃいだりとかめったにしなくて……。頭が重いとか、身体がだるいとか、ずっと身体の不調を訴えてて……。西国寺くんが言うのには、お母さんも家の中もいつもどんよりしてるって」

「まあ……」

確かに暗かった。

西国寺家の空気は淀《よど》んで重く溜まっているようだった。伊世子自身も重荷を括《くく》りつけられているかのように背を丸めていた。

「なんか……西国寺くんの家、お金持ちなんだけど複雑みたいで……。あたし、よくわかんないけど……わかんないから、アドバイスとか何にもできなくて……。でも、一つだけ言えたことがあって」

「うん。それは何？」

思わず身を乗り出していた。

あの暗さは十代の少年にとって耐え難くも、息苦しくもあっただろう。母に対する想いと耐え難い息苦しさの狭間《はざま》で、華奢《きゃしゃ》な少年は一人で足掻《あが》いていたのだろうか。

香音は西国寺淳也に好意を抱いている。仄《ほの》かなものなのか、案外熱いものなのか、まだ摑めないけれど恋心には違いないだろう。

恋する相手に、どんな言葉をかけたのか。

知りたい。

母として娘の言葉を知りたい。

「掃除してみたらって……」

「え？」

「家中をぴかぴかにしてみたら、お母さんの気分が変わるかもしれないよって……。そう伝えた」

「まあ、香音」

心臓が高鳴る。

とくんとくんと鼓動が刻まれる。

「だって、ほら、ママ言ってたじゃない。幸せになりたかったら窓ガラスを磨けとか何とか。そんなこと前に言ってたよね。それで、家の窓、みんなぴかぴかに磨いたでしょ」

窓ガラス磨きを咎《とが》めるような口ぶりだ。むろん、香音は母親を責めてなどいない。

「それで、えっと、はりきって家の中も掃除するでしょ。そしたら、やっぱり明るくなるじゃない。あたしの部屋には絶対に触れないでほしいけど、他の所は……リビングでもお風呂でもトイレでも、きれいに掃除してもらったら気持ちよくて……、あたしもお部屋掃除しようかなって気になって、それで掃除したら、やる気みたいなの出るじゃない。掃除しなくたって、やるときにはやるけどさ」

「うん。そうか、だから西国寺くんにも薦めて……あっ！」

叫んでいた。香音が大仰に顔を顰《しか》める。

「何よ、急に大声出さないでよ。びっくりするでしょ」

「香音、もしかして、もしかして……西国寺くんにＴＨＫを薦めてくれたの」

うっと、香音が呻《うめ》いた。唇が一文字に結ばれる。

「ね、そうなんでしょ。それで西国寺くんがお母さんにＴＨＫを薦めてくれて、西国寺家から仕事の依頼があったのね」

繋がった。

ミーナと伊世子さんを結びつけた誰かがいるんじゃないかって、そんな気がしてならないんだよねえ。

日向の〝そんな気〟はどんぴしゃ的を射ていた。

チーフ、繋がりました。わたしと伊世子さんを結びつけた紐《ひも》は、娘が握ってました。

「そんなの知らない」

香音が顔を背ける。

「あたしは、ただ……ママがそういう会社に勤めてるって言っただけ。それとママが……いつも楽しそうにしてるって……。前は暗くて、ため息ばっかりついて、パパの顔色ばっかり窺って……そうだよ、どよーんとしてたじゃない」

「え？　え？　ママが……そうだった？」

「そうだよ。覚えてないの。嫌だなあ。あたし、あのころのママって嫌いだった。暗くてさ、愚痴みたいなことしか言わなくて、すぐに『ごめんなさい』なんて謝って……。パパに言いたいこと言われても、すぐ黙っちゃって。すごく嫌だった。何か逃げてるみたいで嫌だった」

息を飲む思いで、娘の言葉を聞く。

そんな風に見られていたのか。

美菜子なりに懸命に生きてきたはずなのに、香音の眼には、生気に乏しい、ため息をついているだけの姿に映っていたのだろうか。若い視力は一方的にしか人を見ようとしない。こうだと決めつけてしまって、その奥に何があるかまで見通せない。そんな弱点を持っているのは確かだ。しかし、美菜子が俯きがちだったのも、また事実だった。

「でも、ママ、THKに入ってから少し変わったでしょ。前からお掃除好きだったけど、楽しそうじゃなかった。でも、あの、このごろ楽しそうだもの。好きなことやってるって感じで……。パパにもちゃんと言い返してるし……」

「あ……そうね」

数日前、慶介に言われた。

大吾の塾のことで、二言三言、慶介とやりあった直後だ。出勤前、朝の慌ただしい時間帯でもあった。

「おまえ、少し生意気になったな」

「え？　そうかな。どんなところが」

「そういうところが」

「うん？」

「以前は生意気だなんておれが言ったら、すぐに謝ってたぞ。すごく申し訳ない顔してさ。それが、今は『どんなところが』だもんな」

「あなた、わたしに謝って欲しかったの」

問いかける。慶介はネクタイを結び直すふりをして、暫《しばら》く黙った。それから、ひょいと肩を竦《すく》めた。

「いや、そうじゃないな。生意気な美菜子ってのも悪くないなって、思っただけさ」

慶介から「美菜子」と名前を呼ばれたのは、久しぶりだ。ずっと、「おまえ」とか「おい」とかだった。

胸の奥が微かに疼《うず》いた。耳朶《みみたぶ》がぽっと熱くなる。

「じゃあ、行ってくる」

美菜子の頬を指で軽く突いて、慶介は出て行った。


「ママ変わったから、だから、そのことを西国寺くんに教えてあげたの。家の中をきれいにしたらって。それで……えっと、やっぱりプロのお掃除は違うし、最初はTHKに頼んでみたらって、あたしが言って……。西国寺くんがTHKのことネットで調べたの。そしたら、すごい評判がよくて、それで、西国寺くんがお母さんに薦めて……えっと、だから、それだけなの」

「うん。わかった。香音、ありがとう」

他人の家を掃除する仕事なんて恥ずかしい。もっとお洒落でかっこいい職場を見つけて。

THKで働き始めたころ、香音はそんな意味の文句をぶつけてきた。さすがに腹が立って、声を荒《あら》らげてしまった。

その香音が、ちゃんと見ていてくれた。

美菜子の仕事を、変化を見ていてくれた。そして、好きな相手に告げてくれたのだ。うちの母親、こんな仕事をしてんだけど……。

誇らしい。香音が、自分自身が誇らしい。目の前の娘に飛び付いて、何回も何回も礼を言いたい。そんなことをしようものなら、香音はわざと悲鳴をあげて、身を引くに違いないが。

しかし、喜んでばかりもいられない。問いたいことはまだある。いや、ここからが核心なのだ。

「香音、しゃべれる範囲でいいんだけど、教えてくれる？　西国寺くんはどうしてお誕生日を祝ってもらえないの」

香音の口元が歪む。束の間だが、視線が宙を漂う。

「言いたくない」

視線を泳がせたまま、ぽつっと呟いた。

「……西国寺くん、あたしを信用してしゃべってくれたの。家のこととか家族のこととか……。あたしが誰にもしゃべらないって信用してくれて……。あたし、西国寺くんのこと裏切れない」

「香音」

美菜子は娘の手を取った。指に力を込める。香音は抗《あらが》わなかった。母親の指を払い除《の》けようとはしない。

「あのね、ママは好奇心とか興味本位で西国寺くんのことを尋ねてるんじゃないの。香音が今夜一緒にいたから気になってるわけでもない。違うの。あのね……、ママと西国寺くんのお母さん、昔知り合いだったでしょ。久しぶりに伊世子さん……西国寺くんのお母さんなんだけど、伊世子さんに会って、感じたの。ああ、この人、苦しんでるんだなあって。伊世子さんはママよりずっとお金持ちだし、美人だし……。でもね、不幸だなって感じたの。お家の中も冷たい感じがして……。あの、他人《ひと》さまの家のことだから、本当は探りなんか入れちゃいけないの。わたしたちの仕事は、依頼された場所をきれいにする。それだけなんだから。でも、でもね」

香音を見詰める。黒い眸《ひとみ》が見返してくる。

美菜子はゆっくりと息を吸った。

「今度はお掃除だけじゃ駄目な気がするの。伊世子さんが何かに苦しんでいるとしたら、もしそうなら何か手立てがあるかもしれない。伊世子さんを楽にできる方法があるかもしれない。上手く言えないし、具体的にも言えない。ママの勝手な思い込みかもしれない。うん、その可能性もかなりあるわ。でも、できるような気もするのね。伊世子さんがずっと縛《しば》り付けられていたものを解くことができるかもしれない。そんな風な気もするの」

香音が瞬きする。睫毛《まつげ》を伏せる。

美菜子はそっと指を放した。

「何か……西国寺くん、お父さんと同じ誕生日なんだって。それで、あの……お母さんがお祝いするのを嫌がるって。西国寺くんのお父さんずっと家に帰ってないって……。昔から仲が悪くて……よく、喧嘩《けんか》してたみたいで……。中学の入学式の前に、お父さん、出て行っちゃって帰ってこなくなって……。お母さん、それから、ますます暗くなって……、お祖母さんは寝たきりで、少し惚《ぼ》け始めて、お父さんが出て行ったのはお母さんのせいだって、時々、ものすごく怒りだしたりするんだって……。お母さんのこと、おまえは誰だ。おまえはうちの嫁じゃない。出ていけって、大声で……」

香音の目の縁に涙が盛り上がり、零れ、頬を伝う。

「香音……」

「あたし、西国寺くんがかわいそうで……。だって、だって酷《ひど》いでしょ。お父さんも、お母さんも、お祖母さんもみんな酷いよ。誰も西国寺くんのことちゃんと考えてあげなくて……。それなのに、西国寺くん、すごく優しくて、あんなに綺麗な絵が描けて……。かわいそうで……かわいそうで……」

「それで、今日は二人でお誕生日のお祝いをしてたの」

泣きながら香音が頷く。

「ファミレスで……ご飯食べて、ケーキ食べて……おしゃべりして……それだけ。なのに、西国寺くん、こんな楽しい誕生日は初めてだって……。あたしなんか、毎年、ママがケーキを作ってくれて、ご馳走も作ってくれて……、去年は大吾とパパがクッキー焼いてくれて……なのに、あたし、硬くて不味《まず》いなんて言っちゃって……」

「ああ、でもあれは焦げちゃってたからね。確かに不味かったかも」

「焦げてても、一生懸命作ってくれたのに……。あたしのために作ってくれて……。西国寺くんのこと考えたら、あたし……我儘《わがまま》で、すごい嫌なやつで……」

「じゃあ今度は、香音がクッキー焼いたら」

「え?」

「ケーキでもいいよね。ママが作り方、教えてあげる。西国寺くんにご馳走してあげたらいいじゃない」

「ママ……」

「ファミレスでのお祝いもいいけど、手作りケーキの方が女子力高いかもよ。クリスマスはそうしたら」

「……西国寺くん、連れて来てもいいの」

「もちろんよ。大歓迎。でも、その前にママの方が、西国寺家に行くかもしれないわ。ううん、必ず行ってみる。行って、伊世子さんと話をしてみる」

「話って……何の？　ママ、あたしがしゃべったこと内緒にしといてよ。西国寺くん傷付くかもしれないから」

香音が腕を摑んできた。

もう泣いていない。乾いた目で母親を見ている。

「しゃべったりしないよ。これはね、ママと伊世子さんの話なの。香音も西国寺くんも関係ないの」

美菜子は香音の背中を軽く叩いた。

「ふーん、それならいいけど。ほんと、余計なことしゃべらないでよ。もし一言でもしゃべったら、許さないからね。ママのこと一生怨《うら》んで、一生口をきかないから」

普段の口調に戻り、香音はペットボトルの中身を音を立てて飲み干した。いつもよりずっと乱暴で、はすっぱな仕草だった。

「西国寺さんから電話があったよ」

翌日、出勤するなり日向が耳元でささやいた。

「電話が？　どういう用件だったんです」

つい、急《せ》いた口調になる。

「この前の仕事、すごく気に入ってくださったみたいで。また、頼みたいって。今度は二階や庭もお願いしたいって。でも、うち、人手不足だから一月ぐらい後になるかもね」

「行かせてください」

一歩、前に出る。

「わたしに行かせてください。一人でもできる限りやってみます」

「ミーナ、でも一人ってわけにはいかないよ。うちは基本、単独では動かないことになってるんだから」

「お願いします。チーフ、わたしどうしても西国寺家を掃除したいんです。ぴかぴかに磨き上げたいんです」

「ミーナ、でもね」

「もう一度、もう一度だけ、伊世子さんと話がしたいんです。本当の話を語ってもらいたいんです」

「本当の話？」

「はい。伊世子さんの真実です」

日向が小さく唸る。

冬本番を告げる北からの風がガラス窓にぶつかり、ヒューヒューと鳴いた。

女たちの献立表

「なんでよ、なんで、あたしが引っ張り出されなきゃいけないのよ。まったく、あたしがどんだけ忙しいかわかってるくせに」

隣で闘一が呟《つぶや》いている。

さっきからずっとだ。

文句を呟き、ため息を吐き、暫《しば》く黙り込んで、また文句を呟く。その繰り返しだった。闘一がため息を吐く度に、美菜子は身体を縮めた。

「先生、すみません」

美菜子が謝る度に、闘一は鼻を鳴らした。

「ふん。ふふふん。佐伯さんに謝ってもらっても、あたしの貴重な時間は返ってこないわよ。それとも、なに？　佐伯さん、あたしの代わりに原稿、書けるわけ？」

「ま、まさか。そんな、そんなことできるわけありません」

真顔でかぶりを振った。

闘一がまた、鼻を鳴らす。

「ふん、ふふん、ふんふん。でしょ。できるわけないわよね。あたしみたいなチョウ人気&チョウベストセラー&高額納税作家の原稿よ。プラチナにダイヤモンドをちりばめて、その上に真珠とエメラルドをトッピングしたみたいなお宝なんだから。佐伯さん、わかってんの」

「は、はい。いえ……そこまでとは思いませんでした」

どうしてだか、やたらきらきらした王冠が脳裡《のうり》に浮かんだ。小さいころ、漫画雑誌の付録だった物だ。安っぽかったけれど、きれいだった。普段は仕事にかまけて娘のことなど眼中にないといった体《てい》の父親が、何故《なぜ》か懸命に組み立ててくれて、それが嬉しかったのを覚えている。

ガタン。

車が揺れる。西国寺家に通じる田舎道に入ったのだ。両側に田畑が点在し、あちこちにでこぼこがある道だ。

日向の軽自動車が揺れる度に、闘一は後部座席で飛び上がり、小さな悲鳴を上げる。

「きゃっ、痛い。頭、打っちゃった。日向ちゃん、もうちょっと丁寧《ていねい》に運転してよ。あたし、今、絶好調なんだから。一日、百枚だって書けちゃう気分よ。ふふふふふんふん、ふんふんふん。つまり、頭の中がフル稼働状態なわけ。変な衝撃与えないでちょうだい。せっかくのアイデアが消えちゃったら大変でしょ」

「大丈夫です」

日向がハンドルを大きく回す。

小川を渡り、やや急な坂道を上ると道の両側に竹藪《たけやぶ》が続く。風に吹かれ、騒《ざわ》めいていた。

「多少ショックを与えた方が、先生の頭、回転がよくなるじゃないですか。たいていそうでしょ」

「……また、そんなわかったようなことを」

「よく、わかってますから」

ガタン。ガタン。

揺れが二度続いた。後ろに積んだ清掃道具も派手な音を立てる。

「それに、先生、絶好調のときほどつまずき易いですよね。絶好調、絶好調って喜んでたら、ちょっとしたことでつまずいて、途端どん底状態になっちゃう。で、家中をゴミだらけにして、ＴＨＫに電話をかけてくる。そのパターン、多いです。だから、無理でも嫌でも身体を動かした方がいいんです」

「く……しっ、知ったようなこと言っちゃって……」

「すみません。でも、絶好調なときほどペースを落すっての必要だって、先生、この前しみじみおっしゃってたじゃないですか。山登りといっしょだって。すいすい調子よく登れてるときほど用心がいる。ついついペースを上げ過ぎて、スタミナ切れになったらそこでアウト。遭難《そうなん》しちゃうんだとも言いましたよ」

「ああ……そうね。無理せず自分のペースを守るのが一番大切なんだと、教えてもらったの」

「ええ。いつもそう言ってましたね」

「……そうね、いつも言ってたわね」

　不意に闘一が口をつぐむ。すると、車内の空気が僅《わず》かだが重くなった。日向が細く長い息を吐き出した。

え？　どうかしたんですか？

誰の話をしてるんです？

美菜子は思わず、闘一の横顔と運転席の日向の後頭部を見やった。闘一が目を閉じ、後ろにもたれかかる。

「そう言えば、もうすぐ命日じゃない」

「来月です」

「もう何年になるかしら」

「三年ですね」

「三年……そんなになるんだ」

「はい。つい最近のようにも、ずい分と昔のようにも思えます。あっという間の三年間、長い長い三年間……」

「そうね。毅《つよし》が死んだ時、あたし、自分の一生も終わったって思ったわ。これで、何もかもがお終《しま》いになったんだって……」

「ええ……」

「それが三年経っても、こうして生きている。毅のことを忘れて、食べたり飲んだり仕事したり……。我ながら薄情だなって思うこと、けっこうあるわよ」

「薄情じゃなくて強いんですよ。毅が亡くなってしまったって現実に押し潰されずに、何とか生き延びてきたって証《あかし》でしょう」

「日向ちゃんはどうなのよ。忘れてることとってあるの」

「しょっちゅうです。一日、どたばた走り回って、家に帰って遺影と目が合って、初めて毅のことを思い出すなんて日もあるぐらいですからねえ」

「薄情ね」

「強いんです。強くならなくちゃどうしようもないですもの。生きてる者は現実と向き合わなくちゃならないんですから」

「まあね。確かにそうよね。現実は手強いからねえ。まったく、一人だけとっとと現実から降りちゃってさ。どうしようもないやつよね。今度逢ったら、さんざん文句と説教を聞かせてやるわ」

「あたしは一発、ぶん殴ってやります。けど、先生、まだ当分は逢わないようにしましょ。せめて、夢の中でってぐらいにしとかなくちゃ。これから現実の中でやりたいことも、やらなくちゃいけないことも山積みのてんこ盛りなんですから」

「まあね。毅のいるところにはまだ……行けないわね。三年前は、本気で追っかけようかって思ったけど」

え？　は？　チーフ、先生、この会話なんなんでしょうか？　ツヨシって誰なんです？

まったく付いていけない。頭の中で疑問符が幾つも飛び回る。その疑問への答えが知りたい。

でも、口を挟んではいけないと感じてしまう。好奇心はある。ものすごくある。身を乗り出して聞きたいぐらいだ。今まで僅かも窺えなかった日向の過去を垣間見た気がする。そこに、闘一が深く絡んでいるらしい。

生者と死者の話だった。

生きること、生き延びることの話だった。

何も知らない美菜子が割り込める会話ではない。

闘一の黒目がちらっと動いた。

視線が絡む。

「何のことかさっぱりでしょ、佐伯さん」

「はい……。さっぱりです。でも、あのさっぱりでいいです」

「あら、なぜ？　興味がわかなかった？」

「いえ、とても興味はあります。でも、先生やチーフのプライベートなことなのに……あれこれ、聞き出すのは駄目だと……」

「もう、佐伯さんたら」

闘一が美菜子の背中を叩いた。

いい音がする。かなり痛かった。

「ほんと真面目なんだから。だから面白みがないって言われるのよ」

「そっ、そうですか。でも、このごろ言われなくなって……」

チッチッチッ。闘一が舌を鳴らす。

「駄目よ。そんなんじゃ、作家にはなれないわよ。好奇心全開、他人の迷惑顧みず、何でもかんでも知りたがらなくちゃ」

「はあ……でも」

先生、わたし、作家になりたいなんてちらっとも思ってないんですけど。

「わかるわ。あたしのようなチョウ人気&チョウベストセラー&高額納税作家、つまりあまりに高い壁が目の前に立ちふさがっているんですものね。佐伯さんでなくたって、作家なんて無理って尻込みしちゃうわよね」

「はあ……あの」

先生、尻込みもなにも、わたし作家になりたいなんて……。

「負けちゃ駄目よ、佐伯さん。壁は越えるためにあるの。越えたら、また違う景色が見えるかもしれないでしょ。壁が高いほど、闘志を燃やさなくちゃ。闘志よ闘志。闘う意志よ。投資信託とはまったく違うのよ。利回りとか株価とか考えちゃ駄目なの。あたしなんか、一度、株で大損しちゃって懲《こ》りたわよ。それからは、蕪《かぶ》のそぼろ煮だって食べないようにしてんの」

「はあ……蕪ですか」

ますます訳がわからなくなる。

日向が笑い、肩を竦《すく》めた。

「毅はあたしのダンナだった男なの」

振り向きもせず、そう言う。

「もっとも、正式に婚姻届は出してなかったから、法的には夫婦じゃなかったってことになるのかな。夫婦じゃなくて同居人」

「は、はあ。夫婦……」

「それで、あたしの片想いの相手でもあるの。あたし、こんな美貌だし、当時既に売れっ子作家のレベルにはかるーく到達してたし、賞もいっぱい取ってたし、なんていうの、怖いもの無しって感じだったのよねえ。まあ、若かったから、我儘《わがまま》で世間知らずでもあったんだけどさ。若いってそういうことよね。そこが若さの可愛らしさでもあるんだもの。あたしは何歳になっても可愛いけど。うふっ」

　闘一が目尻を下げて笑う。確かに、可愛らしい。

「はあ、か、片想いの相手……」

「そうなの。井伏鱒《いぶせ》二。井伏鱒二《ますじ》とは何の関係もなかったと思うわ。山椒魚《さんしょううお》とも関係ないの。井伏鱒二の『山椒魚』読んだことある？」

「は？　あ、はい。国語の教科書に載っていた気が……」

「ちゃんと読みなさいよ。短編の傑作よ。でも、あたし的にはドリトル先生ものを翻訳してくれたってのが井伏鱒二の一番評価。大好きなの、あのシリーズ。佐伯さんは？」

「は、あの。先生、あの、今はどっちの井伏さんの話を……」

「はん。そりゃあ毅に決まってるでしょ。ここで鱒二を出してきてどうすんのよ。話がややこしくなるだけじゃないの」

「そ、そうですよね。あの、ですからお話を鱒二さんから遠ざけてもらえたら、その……助かります」

「毅は、山岳カメラマンだったんだ」

日向の穏やかな声が聞こえた。

「日本だけでなく、世界中の山に登って写真を撮ってた。その世界じゃ、わりに有名な男だったんだよ。写真集も何冊か出してるしね。彼の撮った膨大な写真の一枚が、先生の本の表紙に使われた。それが毅との最初の関わりですよね、先生」

「そうよ。『奇峰の雲』って作品。あたしの初めての短編集だったの。その写真が、それはそれは素敵でねえ。マッキンレーの頂きを夕日が染めてるんだけど、異様というか、怪異というか、ともかく何とも不気味で、それなのにとっても綺麗《きれい》なの。あたし、一目で参っちゃって、どうしてもこの写真家に逢いたいって版元に頼み込んだのよ。わかる？　那須河闘一が頭を下げたのよ。よっぽどのことじゃない。最も、そのころは今ほど売れっ子でも高額納税者でもなかったけど。で、毅に逢わせてもらったら、うーん、これが想像していたのと全然違う男だったわけ」

そこで、闘一は突然、くすくすと笑い始めた。

「山岳カメラマンなんて言うからさ、ガタイのいいマッチョかと思うじゃない。ところが現れたのは、背は高いけど妙にひょろっとした日陰のモヤシみたいな男なの。そのわりに、日焼けはしてたけどね。口調もぼそぼそして聞き取り難《にく》いし、髪はぼさぼさで艶《つや》はないし、ちっともきれいじゃなかったわ。なんだ、これ？　って、正直、がっかりよ。あたし、幼稚園のときから、がっしりして逞《たくま》しくて髪の毛のさらっとした男が好みだったのよね。好きになるの、みんな、そういうタイプだったの。今でも、どっちかって言うとマッチョタイプ、好きかも。ああ、でも、あたしもずい分と人生修業を積んだから、人は見かけじゃない、人って見かけと内側が往々にしてずれてる生き物だって理解したのよねえ。それを最初に実感させてくれたのが、毅だったわ。だって、ひょろひょろのぼさぼさの、まるでいけてないくせに、山の話をし始めると俄然《がぜん》、かっこよくなるんだもの。ああ、この男とマッキンレーに登りたいって、あたし、本気で思っちゃった。次の週、何の当てもないのに、登山道具一式買い込んじゃったぐらいよ。しかも、同郷だってこともわかって、両親と早くに死に別れたってところもよく似てて、あたしの方が年下だったけど、同じ町で、つまりここで生きてた時間が重なってた時期があって……。なーんかもう、運命だって思っちゃったわ。思うでしょフツー。まっ、あたしは思い込み強い方なんだけどさ。ええ、わかってるわよ、それくらい。毅にも言われたもの。『その思い込みの強さが、那須河さんの武器ですね』なぁんてね」

くすくす、くすくす。

当時の何を思い出すのか、闘一が笑い続ける。

「まあ、あたしとしては冗談でなく好きになっちゃったのよ。でもさ、毅って完全ノンケでねえ、しかも事実上の結婚をしてるって言うじゃない。しかものしかも、その女にぞっこん惚れちゃってんの。女に惚れるような男じゃ、どうしようもないじゃない。諦めるしかないでしょ。告白する間もなく振られちゃったってわけよね。まっ、諦める呼吸って、あたしちゃんと会得してんのよ。たいしたもんでしょ。ふふん」

たいしたものなのか淋しいことなのか、美菜子には判断できない。

「その女の人がチーフだったんですね」

「そうなの、そうなの。佐伯さんどう思う？　本気で好きになった男に妻がいた。あたしとしては泣く泣く諦めたわけよ。この男が惚れた相手なら、さぞや素敵な女に違いないってね。毅が女房を紹介するなんて言うから、腹を据《す》えて見てやろうじゃないって決めたの。そしたら、現れたのがダンナ以上にひょろひょろした、色気の欠片《かけら》もない女じゃない。あたしの方がよっぽど艶っぽいでしょ。何で、こんな女に負けたのよって、そりゃあもう、内心穏やかじゃなかったわねえ」

「先生、勝った負けたって、勝負じゃないんですから」

日向の苦笑する気配が伝わってくる。

西国寺家は間もなくだ。

「あたしは、そのころから那須河闘一の本は読んでいて、けっこう好きだったの」

「日向ちゃん、けっこうは余計よ」

「はい、那須河闘一の本、好きだったの。どんな人なんだろうって興味津々で会いにいったの。そしたら、何か雰囲気悪くて、木で鼻をくくったみたいな物言いをするし、やたら睨《にら》んでくるしで、何だこいつケンカ売ってるわけ？　って感じでね。つまり、あたしたちの最初の出会いって最悪だったの」

「最悪も最悪。ハブとマングースの睨み合いみたいなもんよ。でも、毅はほんと、日向ちゃんのこと愛してたわよねえ。『何とかカメラで食えるようになったから結婚したいんだけど、日向って、そういうことに全然拘《こだわ》らないんだよなあ』なんて、あたしの前でぬけぬけ言っちゃって、悔しいったらありゃしない。あたし、半分自棄《やけ》で、半分疲れ果てて、故郷に帰ってきたの。母方の祖母が亡くなって、あたしに家を、あたしが今住んでる家ね、あれを遺《のこ》してくれたから渡りに船っていうか、棚から牡丹餅《ぼたもち》っていうか、二階から目薬っていうか、まあ帰るところがあるんだから帰っちゃえってとこよね」

二階から目薬は違うだろうと思ったが、むろん黙っている。そんなことはどうでもいい。

美菜子は、闘一と日向の昔話に引き込まれていた。

「あたしクラスの作家になると、火星に移住したって仕事には困らないわけよ。もともと、人前に出るの嫌いだったし、失恋でますます引きこもりがちになってたし……、正直に告白しちゃうと田舎に引っ込みたかったの。でもさ、あの家で書いたモリタンシリーズが大ヒットして、あたしはチョウ人気&チョウベストセラー&高額納税作家の地位を不動のものにしたわけよ。人生、どこでどう運が転がるかわかんないもんよねえ」

息を吐き出し、闘一はでもねと続けた。

「まさか、この町で日向ちゃんに再会するとはねえ。さすがに、思ってもいなかったわよ。信じられなかった。驚いて失神しそうになっちゃった。毅が都会のど真ん中で死んだなんて、横断歩道を渡っていて居眠り運転の車にはねられたなんて、もっと信じられなかったけどね。あいつの死に場所は山しかないって思い込んでたから。これ、あたしだけの思い込みじゃないわよね」

「はい、あたしも同じように思ってました。でも、毅は交通事故死、全身を強く打って病院に搬送されて二日後に逝《い》ってしまって……。それが現実ってものです」

闘一が右肩だけをちょいと上げる。

「そうよ現実。毅が死んだのも、日向ちゃんがここでＴＨＫを立ち上げたのも現実」

「あたしは……毅が亡くなってから何にも考えられなくてしばらくぼんやりしてたんだけど、ふっと……毅がいつかは故郷に帰りたいって言ってたこと、ほんとにふっと思い出して、思い出したら無茶苦茶、掃除がしたくなったの」

「は、そ、掃除」

　ここでどうして掃除が出てくるのか、理解できない。闘一も同じらしく、「なによ、それ。行動パターンが理解できないんですけど」と、両手を広げ肩を窄めた。

「ですよね。説明します。毅もあたしも掃除が大好きだったわけ。汚れるのが嫌なわけじゃなくて、汚れた場所を掃除するのが好きだったのね。なのに、毅が亡くなってからは掃除をする気なんてまるで起こらなくて……部屋が汚れてようが、ゴミが溜まってようが、どうでもいいって感じだった」

「当然よね」

　闘一が言った。口調に温もりがあった。温かく包み込む優しさがあった。美菜子はゆっくりと頷いた。同意の仕作だ。

「毅の故郷のことを思い出したとたん、毅に一緒に掃除しようぜって呼びかけられた気がしたんだ。正気に返ったって感じ。それで周りを見回したら、酷《ひど》いありさまでね。今思い出しても、ぞっとするぐらいの散らかりようだった」

「じゃあ……先生の仕事場ぐらいの汚さだったんですか」

「うーん、いや……さすがに、そこまでは汚くなかったけど」

「ちょっと二人して、何よその言い草」

　闘一が唇を尖《とが》らせて横を向いた。

「それからまるまる一日かけて、２ＤＫのマンションの部屋を磨き上げたの。むろん、窓ガラスもね」

　美菜子は座席から問うてみた。

「どうでした」

「すっきりした。辛いのも悲しいのも淋しいのも変わらないけど、少し元気が出たんだ。しゃがみ込むのはもういいか、ひとまず立ち上がろうかって思えた。自分の生きている場所を掃除するのって、自分が生きていることを確認することでもあるんだって気が付いた一瞬、だったのかな」

「はい」

　つい返事をしてしまった。大きく首肯してしまった。

　そうだ、そうだ。掃除って、わたしはここで生きてるんだと、誰でもない自分に告げることでもあるんだ。

「掃除を済ませた直後、毅の故郷に行こうって決意してた。井伏の家のお墓もあるし遺骨を納めに行かなくちゃって……。そう決めたら矢も楯《たて》もたまらず、荷物を纏《まと》めて電車に飛び乗ってた。でも、最初は納骨だけ済ませて帰るつもりだったんだよ。毅の故郷をしっかり目に焼き付けて帰るつもりだった。でも、いざ来てみると、何だかすごくここが気に入っちゃって、ああ、ほんとに毅の故郷なんだなって……。そう感じたら、もうここでやれるところまでやってみようって気になっててね。たまたま、駅に市の広報誌が置いてあって、そこに、移住してこの町で起業するなら補助金が出るって書いてあったの。これだって飛び上がりそうになっちゃった。まさに、渡りに船、棚から牡丹餅、二階から目薬だってね。で、あたしは毅の納骨を済ませた足で、市役所に相談に行ったの」

決めたら、迷わない。いや、迷いながらも即実行。前に進む。

チーフらしいな。

闘一が空咳《からぜき》をする。

「日向ちゃん、二階から目薬は違うんじゃない。諺《ことわざ》は正しく使ってちょうだい。大人として恥ずかしいでしょ」

「はいはい。でね、ミーナ、あたし、広報誌を手に飛び込んだ市役所で人生二度目の幸運な出会いをしたんだ。一度目は毅、二度目は月子さん」

「えっ、月子さん？」

ＴＨＫの事務を一手に引き受ける野端月子のまん丸い顔が過《よぎ》る。

「月子さん、当時、経済振興課ってところで働いてたの。補助金制度の窓口にもなってた。それで、話をしていて、ものすごく気が合っちゃってね。あたし、起業するなら清掃会社を立ち上げたい。あちこちをぴかぴかにして、ほんのちょっぴりでも幸せを味わってもらいたいって、熱弁をふるったらしいの。あたしとしては夢中になってたからほとんど何にも覚えてないんだけど。でも、月子さん共感してくれて、それで、その日、月子さん家に泊めてもらったのよ。駅前のビジネスホテルをキャンセルしてね。で、一晩、お酒を飲みながら二人でまたあれこれ起業の話をしたわけ」

「大酒飲みなのよ、二人とも」

闘一がさも嫌そうに、顔を歪《ゆが》めた。

「二人でワインのボトル三本も四本も空けちゃうの。日本酒や焼酎だと軽く一升は飲むわね。一升酒なんて食前酒だなんて豪語してるぐらいの酒豪なのよ。嫌になっちゃうわ。あたしなんか、梅酒ならコップ一杯、ワインならグラス半分、ハブ酒ならお猪《ちょ》口《こ》二杯で酔っぱらっちゃうのに」

「先生、ハブ酒を飲まれるんですか」

デパートの沖縄物産展で見たことがある。一升瓶に大きな蛇が漬かっていた。ちょっと不気味で風変わりで個性的で悪酔いしそうで、意外に闘一に似合っているかもしれない。

「ははは、一升酒はさすがに食前酒にはならないけどね。ともかく、月子さんとは意気投合して、あれこれずい分と助けてもらえたの。そればかりか、月子さん市役所を辞めて、THKのスタッフになってくれてね。樹里や初哉を紹介してくれたのも月子さんなの。長いこと市民生活課で若者の就活問題に取り組んでて、二人とも、ちょっと誤解されやすいタイプだけれど、根は真面目で働き者なんだって。鍛《きた》えれば、いっぱしの清掃のプロになれるって」

「その通りでしたね」

「うん、どんぴしゃだった。杏奈もミーナもそうだけど、うちはスタッフに恵まれてんだ。そこは、ほんと神さまに感謝」

「お客にだって恵まれてるでしょ。あたしみたいに、上得意の客なのにスタッフの代わりに担ぎ出されて、文句の一つも言わない人間がいるんだから。ほんと、いい加減にしてほしいわ。いったい、あたしを何だと思ってんのよ。偉大な作家に対してリスペクトが足らないんじゃないの。まったくねえ、あたしが寛大だからいいようなもの、○○○○○や×××××だったらとんでもないことになっちゃうわよ。そこんとこよーく考えて、あんまり調子に乗らないで欲しいもんだわよ」

「西国寺さんからのご指名なんです」

「え？」

「窓ガラスがすばらしくきれいになって、気持ちが良かったんですって。ぜひ、また、あの人にお願いしたいって、ご指名でした」

「え、そうなの？　ええっと、でもさ、あの人っての失礼じゃない。チョウ有名&チョウベストセラー&高額納税作家のあたしを知らないなんて。まあでも……気に入ったのならしかたないわね。ほほ、どうよ佐伯さん。あたしって、ガラス磨きの才能もあるみたいよ。ほんと、こんなに多才でいいのかしらね。才能独り占めで、ごめんなさい。ほほほほほ」

闘一が高らかに笑ったとき、車が止まった。

西国寺家の前だ。

「さっ、仕事場に着いた。みんな、しっかり働こう」

日向が笑顔を向けてくる。それから、運転席からするりと降り立った。美菜子も外に出る。寒風がぶつかってきた。

今日も寒い。ユニフォームの上からジャンパーを羽織る。

「チーフ」

同じジャンパーの背中に声を掛けた。日向が振り向く。

「あの、どうして……昔のこと、聞かせてくれたんですか」

日向はジャンパーの襟を立て、軽く首を捻った。

「さあね。どうしてかな。きっかけを作ったのは、先生なんだけど」

「きゃあっ、寒いっ」

闘一が悲鳴をあげている。

「やだ、風邪ひいちゃう。寝込んだら原稿が書けない。日向ちゃん、あんた、各出版社からどんだけ恨まれるか。覚悟しときなさいよ。やだ、寒い、寒い。ちょっと、あたしの仕事道具、どれよ、どれ。わかんないじゃない」

「先生、上から順番に下ろしてください。そうそう、あ、モップは直接地面に置かないで。ミーナ、先生を補助して」

「あ、はい」

闘一が無理やり引っ張るものだから、重ねたバケツや道具入れが崩れかかっている。美菜子は慌てて両手を差し出した。

「人生、いろいろよ」

闘一が呟く。呟きながらバケツを持ち上げる。

「え?」

「だから、人生っていろいろなの。人と人もいろいろ。男と女も、男と男も、女と女もいろいろあるのよ」

「はあ……」

「日向ちゃんと毅が出逢ってなかったら、あたしと日向ちゃんも知り合ってなかった。そうよね?」

「はい」

「日向ちゃんはこの町に来ることはなかったたし、満月と出会ってＴＨＫを立ち上げるともなかった、だわよね」

　あっと声を上げそうになった。

「……そうしたら、わたしがＴＨＫで働くこともなくて……」

「そうよ。あたしと知り合うこともなかったの。佐伯さん、運がいいのよ。あたしみたいなチョウ有名&チョウベストセラー&高額納税作家と直《じか》に話ができるなんてねえ。ちょっとあり得ないことなんだから」

　ＴＨＫと巡り合えた。みんなと出会えた。それは、美菜子にとって確かな幸運だった。間違いなく幸運だった。

「でもさ、そうしたらまったく別の人生があったわけでしょ。日向ちゃんにも佐伯さんにも。あたしは、あんまり変わらないと思うけど。どこで生きてても、誰に出会っても、那須河闘一は那須河闘一で、一流の作家であることに変わりないの。ふふん」

「別の人生ですか」

「そうよ。佐伯さんはまったくちがう職種についていたかもしれないし、日向ちゃんはあたしたちの知らない場所で知らない生き方をしていたはず。もしかしたら、そっちの方が今よりずっと、おもしろくて、楽しくて、儲《もう》かってたかもしれないでしょ」

「……そうでしょうか。考えられないですけど」

「だから、かもしれないって言ってるでしょ。かもよかも。鴨長明《かものちょうめい》の鴨じゃないわよ。助詞のかもよ。ともかく、人生って信じられないほどたくさんに枝分かれしてんの。どの道を行くかは自分次第だけど、そこで誰にどんなことに出会うかは運なのよ。幸運も不運もあるけど、ひっくり返せないなら進むしかないでしょ。進んで、選んで、また進んで、また選ぶ。あっちに行くのか、こっちに行くのか。人生、いろいろよ」

バケツとモップを持ち上げ、闘一が歩き出す。この前は、腰が引けて危なっかしい運び方だったが、今日は安定している。コツを飲み込んだらしい。

進んで選んで、また進み選ぶ。チーフと先生は、自分たちが選んで進んできた道を語ってくれたのか。

じゃあ、わたしはどうする？

誰に何を語る？

美菜子は道具箱を摑み、下腹に力を込めた。それから、西国寺家の中に大股で入って行った。

あれ？

西国寺家の玄関に入るなり、足が止まった。

「どうした？」

洗剤一式を入れたバケツを提《さ》げて、日向が背後から覗き込んでくる。

「何かあった？」

「あ、いえ……あの、ただ、きれいになったかなと思って……」

美菜子は玄関の内に視線を巡らせた。

掃除が行き届いている。

黒っぽい自然石を乱貼りした土間も廊下も磨き込まれている。廊下の端にほんの少し拭き残しがある他は、きれいだ。何より……。

花が飾ってあった。

ピンクのバラと霞草《かすみそう》を組み合わせた可憐なフラワーアレンジメントだ。柔らかなピンク色が美しくて、淡い光に包まれているようだ。前回も花はあった。筒形の花瓶に紅色の花と緑の葉物が活けられていたのだ。しかし、それはよくできた造花で、葉の上にうっすらと埃《ほこり》が積もっていた。今は本物だ。時が来れば枯れてしまう生花は、だからこそ造花にはない艶《つや》やかさを放っている。

「そう言えば……きれいだね」

日向が眼鏡を押し上げる。

「いい感じじゃない」

「ええ。いい感じですね。とても……」

気持ちのいい空間だ。この前のときのような、どこか投げやりな雰囲気がない。生き生きしているとまではいかないが、落ち着いた確かな感触がした。

ふふっと日向が笑った。

「プロになったね、ミーナ」

「え？」

「玄関に立っただけで、その家の雰囲気を感じるなんて、プロの感覚だよ」

「え？　えっえ、そっ、そうですか」

「そうだよ。ＴＨＫに入りたての頃、こんな風に感じ取れなかったでしょ。家も人も同じ。一つ一つに個性があるなんて実感できなかったよね」

「あ、はい、確かに」

ＴＨＫでの最初の仕事は、闘一の家、那須河邸の清掃だった。その汚さ、乱雑ぶりに驚きはしたが、家そのものが醸《かも》し出す雰囲気、日向が個性と呼んだものを感じるなんてできなかった。もっとも、あのすさまじい室内を一目すれば、かなりのベテランハウスキーパーでも呆《あき》れはてて、個性を感じるどころではないだろうが。

「いつかも言ってたでしょ。家の気配を感じるって」

「はい。上手く表現できなかったんですけど。チーフの言う個性と重なるものでしょうか」

「どうかな。あたしはあたしの感じたことしかわかんないから」

プロになったね、ミーナ。

日向の言葉を噛《か》み締める。

じわりと胸の奥が熱くなった。

プロになったね、ミーナ。

「チーフ、佐伯さん。何をしてるんです」

居間から闘一が上半身を突き出す。

「さっさと行動しないと時間が足らなくなりますよ。クライアントにご迷惑をかけたらTHKの沽券《こけん》に関わります。少し意識的に行動してください」

「は？　せ、先生、どうかしたんですか。言葉遣いが」

変ですと言う前に、闘一の後ろから伊世子が顔を覗かせた。

「いらっしゃい。今日もお世話になりますね」

笑っている。

「こちらこそ。ご依頼、ありがとうございます」

日向も笑顔を返す。それから振り向き、美菜子を促《うなが》した。

「よしっ、始めよう」

「はい」

上履きを履き、手袋をはめる。

背筋が伸びる。気持ちに筋が入る。

よし、やるぞ。

この家を隅々まで磨き上げる。ほんの一時でも、ただの一瞬でもここにいて幸せだと思える、そんな場所にしてみせる。

「あたしはキッチンと水回りを受け持ちます。ミーナはリビングと廊下を頼むね。外回りと二階は最後にみんなでやりましょう」

「はい」

「闘一くんはこの前と同じ。窓ガラスをお願い」

「いちいち言わなくてもわかって……いえ、了解です、チーフ」

かかれ！　の号令が発せられたわけではないが、三人は同時に動き始めた。ビニールシートを広げ、道具を並べる。積み込むときに確認は済ませてあるので、必要なものは揃っている。

「さぁ、かかってらっしゃい。ぴかぴかにしてあげる」

闘一が呟いた。呟いてにやりと笑う。闘志満々の顔つきだ。

「先生、気合い入ってますね」

「当たり前よ。あたしは完璧主義者。何でも徹底的にやらないと気が済まないの。小説だけが一流ってわけじゃないの。そういえば……まだなのかしら」

「まだって？」

「あのイトコよ」

「伊世子さんですね。先生、クライアントの呼び捨ては不味《まず》いですよ。THKのNG項目の一つです」

「うるさいわね。だから、小声でしゃべってんじゃないの。でもさ、そろそろ、気がつくはずよね。あたしが那須河闘一だって」

闘一が片目をつぶる。ウィンクのつもりらしい。

「あたしほどのチョウ有名&チョウベストセラー&高額納税作家の正体がばれないなんて有り得ないでしょ。やだぁ、あの那須河闘一が磨いたガラス窓だって評判になっちゃうかも。そしたら、ファンが触ろうとわんさか押し掛けちゃう可能性、大ありよ。やだ、やだ、困るぅ。指の跡なんかべたべた付けられたら困るぅ。せっかく磨いたのに、闘一、悲しくて泣いちゃう」

「はぁ？　いえ、あの、先生。それは取りこし苦労じゃないかと」

「何ですって。あたしほどのチョウ有名&チョウベストセラー&高額納税作家に気付かないって言うの？　それほど、イトコは鈍《にぶ》ちん女なの。それとも何よ。あたしが誰にも気付かれないって思ってんの。ふざけないでよ。あたしがどんだけ売れてるかわかってるの？　出版界の救世主、那須河さま降臨《こうりん》とまで称《たた》えられてんのよ。わかってる？　え？　どうなのよ、佐伯さん」

「はい、もう、よくわかってます。それと……イトコじゃなくて伊世子さんですから。

気付く気付かないじゃなくて、清掃中はマスク着用じゃないですか。あの、ですから、ほら、お顔がほとんど見えないし、まさか、あの那須河先生がＴＨＫのスタッフだなんて思いもしないから、やっぱり、それは気が付かないかもしれませんよ」

ふふん。闘一が鼻の先で嗤《わら》う。

「逃げるのが上手くなったじゃない、佐伯さん」

「はい？」

「あたしがあれこれ無理難題言い出しても動じなくなったわね」

「あ、そうですか」

「そうよ。まぁ図太くなっちゃって、嫌ね。以前のすぐおたおたしてた佐伯さんが懐かしいわ。つい苛《いじ》めたくなっちゃうぐらい可愛かったのに。あーぁ、つまんない」

「あら、そうだったんですか。先生、わたしのことかわいいって思ってくださってたんですね。嬉しいです」

闘一の唇が尖《とが》る。目元が仄かに赤らんだ。

「ばっかじゃないの。可愛いの勘違いをしないでよね。雨に濡れてる捨て猫だって可哀そう可愛いだし、クシャミしたフレンチブルドッグだって不細工可愛いだし、山蛭《やまひる》だって気持ち悪い可愛いだし、お化けだって怖い可愛いだし、ストレス溜めてるオッサンだって気の毒可愛いなんだから。ふん、ほんとに切り返しばっか早くなっちゃって。やだ、やだ。逞しい女なんて大キラーイ」

唇を尖らせたまま、闘一が背を向ける。

先生も可愛いです。可愛い可愛いです。

胸の中で独りごちる。

ふっと笑ってしまった。

美菜子はウエスと米糠《こめぬか》ボールの入ったバケツを持ち上げた。

さあ、やろう。

自分で自分を促す。

キッチンからは、日向の使うバキュームの唸《うな》りが響いてくる。その音に誘われるようにリビングに足を踏み入れた。

「佐伯さん」

米糠ボールで床を磨き終わった直後、声を掛けられた。

四つん這いになったまま、首だけを捩《よ》じる。

伊世子が立っていた。

今日は洋装だ。ブラウスの上に厚手のカーディガンを羽織り、長いスカートを穿いている。どれも淡い藤色をしていて、モヘアらしいカーディガンはとても温かそうだった。和服のときより若やいで見える。

若やいでいるのは洋服のせい？

美菜子は立ち上がり、伊世子に向かい合った。

「それは？」

伊世子の視線が美菜子の持つ米糠ボールに注がれる。

「これは、中に米糠が入ってるんです。ワックスの代わりに、床磨きの仕上げに使ってます」

「まあ米糠で床を。それで、いい艶がでるのね」

「はい。ワックスのようにすぐにぴかぴかにはなりませんが、磨けば磨くほど自然な艶が増してくるんです」

「そうなんだ。知らなかった。わたしでも作れるかしら」

「ええ、とても簡単です。米糠さえ手に入れば木綿袋を縫って」

伊世子と目が合う。

「……昔もこんな風に話をしたわよね、佐伯さん」

「ええ」

短ければほんの一言か二言、時候の挨拶を、長くても数分間、何ということのない会話を交わした。

若かった。美菜子も伊世子も若くて、白髪もシミもなかった。母親でさえなかった。

「あのころから、佐伯さん、お掃除が好きだったし上手だったわね」

そうだったろうか。

首を傾《かし》げる。伊世子も同じ仕草をした。

「覚えてない？　佐伯さん、よく、マンションの前の通りを掃いてたでしょ。とても丁寧に。お部屋の窓ガラスほんときれいだった。いつもぴかぴか。この窓みたいに」

伊世子の視線がリビングの窓に向けられる。闘一が懸命に磨いたガラスは透き通り、光を受けて輝いていた。

「わたしはどちらかと言うと掃除が苦手で……。一生懸命やったつもりでも、埃が取り切れていなかったり拭き残しがあったりして、よく義母に叱られたものだわ。とても、きつい人だから。でも、わたしが叱られていると充夫が庇《かば》ってくれたわ。伊世子だってがんばってるんだって。プライドが高くて、怠け者で、無責任でどうしようもない男だったけど、でも……優しいところもあったのよね」

胸が波立った。

過去形だ。伊世子は充夫を過去形で語っている。

既に亡くなった者のように。

伊世子がふっと微笑んだ。

「佐伯さんのおかげで思い出したの」

視線が揺れる。美菜子は伊世子の横顔を見詰めた。

「わたし、本当に忘れていたのね。あのころのこと……。充夫と結婚してから嫌なことばかりで……。そうかといって、身寄りもない何の才能もないわたしが、西国寺家を離れては生きていけない。わたしは自分をずっと不幸だと思ってた。自分で自分を憐《あわ》れんでいたの。だから思い出したくなかった。過去なんて、なかったことにしようって……」

「伊世子さん」

「でも、そんなことできるわけないって、佐伯さんに会って思い知ったの。ああ人はこうやって昔と巡り合うんだなと思った。思ったら、ずるずるいろんな記憶がよみがえってきて……。そしたら、不思議なの。充夫が優しかったこととか、佐伯さんとフラワーアレンジメントの教室に通ってたことだとか、その帰りにおしゃべりしたこととか、淳也が生まれたとき義母が初着《うぶぎ》を縫ってくれたこととか、あれこれ浮かんできて。あれ？　嫌なことばっかりじゃなかったのかなって思えたの」

「玄関のお花、あれは伊世子さんが活けられたんですよね」

「ええ」

伊世子の頰がほわりと赤くなる。

「ずっとフラワーアレンジメントの勉強がしたくて、この前から習い始めたの。ご近所にいい先生がいらして……。息子がネットで探してくれたの」

「そうですか。また、始めるんですか」

「ええ、始めるの」

そこで、もう一度、伊世子は微笑んだ。

「ありがとうって言ってくれた」

「え？」

「お義母さんの枕元に、花を飾ったの。そしたら……、お義母さん、『ありがとう。きれいだわ』って嬉しそうに……」

伊世子の双眸《そうぼう》が潤む。

「お義母さん……もう長くないの。急に衰弱しちゃって……後、一月か二月だろうとお医者さまに言われてるの」

何も言えなかった。伊世子の頬を涙が伝う。

「気が強くて、支配的で、わたしは義母が嫌いだった。あの人の世話をしなければここにいられなかったから仕方なくやってるんだって思ってた。でも、弱って急に子どもに戻ったような義母を看護してると愛おしくてね。素直な幼女のようで、可愛くて……。反対だった。わたしがここにいなきゃ義母は生きられないんだってわかったの。義母の最期を看取って、それから、わたしの未来に向かい合おうって、今、考えてます。佐伯さん」

「はい」

「ありがとう」

伊世子が深々と頭を下げた。

驚く。慌てる。戸惑う。

「えっ、そっそんな。ど、どうしてお礼なんか。伊世子さん、止めて。止めてください。こ、困ります」

顔を上げ伊世子は目尻の涙を拭った。

「だって、佐伯さんに出会えたおかげですもの。佐伯さんに会ってあのころのこと思い出して……。前に進もうって気になれて……。掃除をしてもらったおかげで、花を飾ろうかって気にもなって、どうしてだか背筋が伸びるような気もして……」

「ええ、掃除をすると気持ちがしゃんとするんです。幸せになりたかったら窓を磨けって諺《ことわざ》がヨーロッパにはあるそうですから」

月子から聞いたかなり眉唾ものの話だが、美菜子にとっては真実だった。

幸せになりたかったら、窓を磨け。

美菜子は自分にとっての真実を伊世子に伝えたかった。

「ありがとう、佐伯さん」

もう一度礼を述べ、伊世子が背を向けようとする。

「西国寺さん」

闘一が美菜子の横に立った。萌葱《もえぎ》色のウエスをひらりと振る。

「ご主人は、西国寺充夫さんはどこにいるんです」

藤色のカーディガンの背中がひくりと動いた。

「居場所をあなたはご存じなんですか」

伊世子が振り向く。

乾いた眼《め》をしていた。涙の痕跡はもう、どこにもない。

「知りませんよ。今度帰ってきたら、正式に離婚するつもりです」

眼よりもさらに乾いた声で答える。

「帰ってきますか」

闘一がウエスを握り込んだ。

「どういう意味です?」

「西国寺氏は帰りたくても帰れないいんじゃないですか」

伊世子が眉を顰《ひそ》める。

「だから、それはどういう意味ですか。おっしゃってることが、まるでわかりませんが」

「そうですか。わかり過ぎるほどわかっているのかと思ってましたけど」

伊世子は困惑の眼差しを美菜子に向けた。美菜子が答えるより先に、闘一が悲鳴をあげる。シャツの襟を掴まれ、引き摺《ず》られていく。

「きゃっ、ひ、日向ちゃん、じゃない、チーフ、何するんですか」

「うるさい。お客さまに向かって何戯言《たわごと》ほざいてんの。さっさと仕事をしなさい。この馬鹿者が！」

日向が一喝する。

伊世子は口をぽかりと開けて、キッチンに消えていく闘一と日向を見送っていた。

「だって、怪しいじゃない。怪しいの満載じゃない。二人ともそう思わなかったの」

帰りの車の中で闘一は大いにむくれた。

「何よ、黙って聞いてれば、過去を清算して未来に生きるみたいな展開にしちゃって。あは、ちゃんちゃらおかしいわよ。笑い過ぎて、鼻からシャボン玉が出ちゃうわ。あんなちゃちな話で感動するとでも考えてたのかしらね。ははん、はんはん」

「そうでしょうか……」

少し感動していた。

伊世子が不器用に懸命に前に進もうとする姿に胸を打たれた。そんな母を支えようとする西国寺淳也の存在にも心が熱くなる。

伝えるつもりだった。

伊世子さん、あなたを支えようとする存在に気が付いてください、と。しかし、そんな必要はなかった。伊世子は自分で自分を支える方法を手に入れようとしていたのだ。美菜子の出る幕ではなかったのだ。しかし、闘一がしゃしゃり出てくるとは想定外だった。

「ふん、ふふん。まったく甘いわね。今回の依頼だって、佐伯さんに怪しまれたかもしれないから、何とか丸め込もうってのが目的じゃないの。いかにもいかにもな、お涙ちょうだいのストーリーを作っちゃって。何が、佐伯さん、ありがとうよ」

「先生、全部、聞いてたんですか」

「聞いてましたよ。ええ、聞いていましたとも。耳があるんだから聞いたっていいでしょ。何が悪いのよ」

「悪いよ」

日向が車を止めた。交差点の信号が赤になったのだ。サイドブレーキを掛けると、日向は運転席で身体を捩った。

「闘一！」

「きゃあっ、やだ、日向ちゃん怒ってる。怖い」

闘一が美菜子に縋《すが》り付いてきた。

「怒るに決まってるでしょ。西国寺さんはＴＨＫのお客さまなんだよ。それを、盗み聞きしたばかりか、あーだこーだいちゃもんつけて。どういうつもりなの」

「ひえええっ。い、いちゃもんなんかつけないわよ。だって、だって怪しいじゃない。正真正銘怪しいじゃない。結局、充夫の行方はわかんないままでしょ。それで死にかけた婆さんがお陀仏になったら、西国寺家の財産は伊世子の好きにできるじゃない。見ててごらんなさい。婆さんが死んだら、遺産は全て嫁の伊世子に遺すなんて、遺言が出てくるんだから。もちろん、伊世子が書かせた物よ。あの女、まんまと全財産を手中に収めるの」

「それとこれとは、話が別！　ＴＨＫのスタッフとして適切な行動がとれないのなら馘《くび》だよ」

「ひえええ。それだけは……って、おかしくない？　あたし、いつの間に、ＴＨＫに雇われてんのよ。日向ちゃん、あたしの年収幾らだと思ってんの。ふざけないでよ」

「あー、じゃあいいんだね。ほんとに、完全に、一点の曇りもなくきれいに馘にしちゃうよ。はい、もう馘。先生とのお付き合いは今後いっさい、お断りします。ＴＨＫの事務所の立ち入り禁止。むろん、あたしたちもお掃除に行きません。ミーナにも近づいちゃ駄目ですからね。一切、禁止、禁止、禁止」

「ひええええっ。そんな、そんなひどいわ。あんまりだわ。それって苛《いじ》めよ。日向ちゃんの苛めっ子――っ」

「苛めてなんかいません。反省を促しているんです。いいですか、先生。西国寺さんは、先生の窓拭きも含めてあたしたちの仕事を気に入ってくださってるんです。掃除した後の気持ちよさを心底から感じてくれたんです。そんな相手に無礼を働くなんて許しません」

「だから、それもこれも、みんな芝居なのよ」

「芝居でも学芸会でもいいんです。今のところ、西国寺さんが大切なお客さまなのは確かなんですから。それに、証拠はあるんですか。西国寺さんが芝居をしている証拠、西国寺充夫氏を殺した証拠、どこにあるんです」

「……それは。だから、あたしのカンで……」

「カンでは証拠になりません」

クラクションが鳴る。信号はとっくに青になっていた。

「あっ、いけない」

日向が慌てて、車を発進させる。

「何よ、くすん。何よ、日向ちゃんの意地悪。ねえねえ、佐伯さんはどう思う？　怪しいわよねえ。ぜーったい芝居してるわよねえ」

闘一が耳元でささやいた。

「わたしは……伊世子さんが本気で変わろうとしているって、思いたいです。充夫さんを殺してもないし、遺産を狙ってるわけでもない。そんな大それたことができる人じゃなくて……ただ、自分を憐《あわ》れんで生きてきてしまっただけなんです。今、やっと、その自縛《じばく》から抜け出ようとしている……んじゃないでしょうか」

美菜子をちらっと見やり、闘一は鼻を鳴らした。

「つまんなーい。そんな、ありきたりな平凡な話なんて、ちっともおもしろくないわ。第一、ミステリーにならないじゃない」

「先生、人生はミステリーじゃありません」

「ふふん。佐伯さん、人生には二通りあるの。謎を含んだ特別なものと凡庸《ぼんよう》で退屈なもの、とね。伊世子は殺《や》ってるわよ。そういう眼をしてるもの。本当に恐ろしい殺人者ってのはね、殺人を犯しながらごく普通の暮らしができる者のことなの。伊世子は、それよ。証拠はなにもないけどさ」

「そういう、物語を書くんですか、先生」

「書くわよ。もちろん」

闘一が片目をつぶった。

どうなのだろう。

美菜子は車の窓から外を見やる。市街に入って、交通量が増え始めた。通りを行く人々はみんな寒そうに身を縮めている。

どうなのだろう。

西国寺伊世子は殺人者なのか。違うのか。

誰かを待って生きるのではなく、自分のために生きるのだと決意した女性なのか。

己の犯した罪を隠蔽《いんぺい》するために芝居ができる女なのか。

わからない。

きっと、わからないままだろう。

でも、これからも掃除をしたい。

西国寺家をぴかぴかに磨き上げたい。

それが、わたしの仕事だ。

そう、わたしの仕事だ。

胸の内が軽くなる。美菜子は膝の上で両手を握りしめた。


伊世子の義母が亡くなったのは、それから一月《ひとつき》の後だった。香音が教えてくれた。

「西国寺くん、転校するらしいよ」

「転校？　どこへ」

「神戸だって。お祖母さんの喪が明けたら、引っ越しする予定なんだって」

淡々としゃべっているけれど、香音の動揺は伝わってくる。

伊世子はあの家を処分してしまうつもりなのか。それは、伊世子にとって新しい一歩になるのだろうか。

「そうか……じゃあ、もうお掃除にいけないね」

「そういうこと」

香音が冷蔵庫から牛乳を取り出し、一気に飲み干す。

「ママ」

「うん?」

「あたし、失恋しちゃった。西国寺くんに、さよならって言われちゃったんだ。さよなら、ありがとうだって」

美菜子が答える前に、香音はキッチンから出ていった。足早ではあったけれど、落ち着いた動きだった。

「香音……」

さようなら、ありがとう。単純で残酷な台詞だ。あの少年はそれを知って、口にしたのだろうか。

美菜子は小さくため息を吐《つ》いた。

そうか、伊世子は行ってしまうのだ。

小さな謎を残して、去っていく。

この先、どんな生き方を選ぶのだろう。

美菜子はウエスを手に、窓の前に立つ。日は既に暮れて、薄闇が迫っていた。

ウエスをガラスの表面に滑らせる。

きゅっきゅっと愛らしい音がした。

伊世子さん、また、会えますか。いつか、また、会ってとりとめのないおしゃべりができますか。あなたの生きる場所を、掃除させてもらえますか。

窓を磨く。

きゅっきゅっ。きゅっきゅっ。

窓が光を増す。夜が艶やかになる。

美菜子は一心に手を動かし続けた。

解　説

藤田香織（書評家）

いきなりですが、みなさん。最近はやりの家事代行サービスの類《たぐい》を、利用したことはありますか？　私はこれまでに一度だけあります。家事代行といっても、料理やクローゼットの整理から、子供の塾や学童の送迎までいろいろですが、私が依頼したのはもちろん掃除《そうじ》！　自分では手に負えないとハナから諦めていたエアコン。「漂白」とか「カビ取り」なんてどうすりゃいいのかも分からない浴室とトイレ。手強《てごわ》い油汚れや水垢《みずあか》が悩ましいキッチンと洗面台。以上五カ所のクリーニングをお願いしました。

そのお値段、年末大掃除特別セット価格で、四万九千八百円。決して安くはないけれど、「プロの技で家中ピカピカ！」にしてくれるのであれば、お高くはない、はず！と思い切ったのです。当時、築十四年だった自宅マンションの、この薄汚れた浴室やキッチンやトイレが輝きを取り戻す!?　とある意味、夢を買ったとも言えましょう。

そして迎えた当日。午前十一時に我が家のインターホンを鳴らしたのは、まだ若いひとりの男性でした。淡々とハウスクリーニング会社の者だと名乗った彼は、確認を済ますと黙々と仕事に取りかかり、そのまま入念に五カ所を清めて下さいました。ずっとたったひとりで。結局、終了したのは夜十時。年末（といっても十二月の三日だったけども！）で人手が不足しているから、という理由でしたが、正直、まったく初対面の男性と一対一で自宅に十一時間は辛かった！　更にその彼は「プロ」と呼ぶには頼りなく、あれやこれやとこちらが気を遣わねばならず、何度も「もういいから、その道具だけ貸して下さい」と言いたくなるような状況で――。

そのとき、私はつくづく思ったのです。Ｔｅａｍ・ＨＫに電話したい！　何なら美《み》菜子《なこ》ひとりでいいから来て欲しい！　いやそりゃ、二次元と三次元の区別はつきますが、あのときばかりは軽く自分のドリーミーな脳を呪いました。そうだよねぇ、現実にはなかなか、小説みたいにはいかないよね、と。

というわけで。前置きが長くなってしまいましたが、二〇一五年に単行本が発売された本書『Ｔｅａｍ・ＨＫ　殺人鬼の献立表』は、二〇一三年刊行＆一五年に文庫化された、前作『Ｔｅａｍ・ＨＫ』から連なる、シリーズ第二弾です。

もちろん、しまった前作は読んでない！　という方でも十分お楽しみ頂けますが、念のため、少しだけ補足と本書のおさらいをしておきましょう。

主人公となるのは、四十歳を目前にした佐伯《さえき》美菜子。彼女がハウスキーパーのプロ集団Ｔｅａｍ・ＨＫに加わったのは、今から約半年前のこと。結婚して十五年、いつものように自宅の庭先を掃いていた美菜子の人生は、郵便ポストに投げ込まれていた一枚のビラによって大きく変化したのです。素っ気ないほどシンプルな白い紙に、赤い文字で書かれた〈家事の得意な方、一緒に働きませんか。家事力、主婦力、主夫力を発揮させましょう。〉という一文。自分が毎日あたり前に繰り返している事が、「力」になる？　必要とされる？　これなら口下手《くちべた》な自分にもできる？　心を摑まれた美菜子は、思い切って履歴書持参で面接に行き、初日からバタバタと働かされることになったものの、結果、見事採用となり今に至っている次第です。

そんな美菜子の初仕事となったのが、（ベストセラー＆人気）作家・那須河闘一《なすかわとういち》先生宅の掃除でした。本書はその懐かしい場所から、物語の幕が上がります。

（チョウ人気＆ベストセラー＆有名）作家である闘一の家は、スランプの深刻さと比例して散らかり度が増す傾向にあり、Ｔｅａｍ・ＨＫのメンバーが約ひと月ぶりに清掃に入ってみると、そこはいつも以上に乱雑でゴミ屋敷さながらの状態。これはかなりの重症なのでは、と心配していたところ、案の定、闘一はネタが見つからず困り果てていて、美菜子に泣きついてきます。

闘一が美菜子を頼りにしたのは、以前にも、彼女の昔話から着想のヒントを得て作品を書いたことがあったからでした（『魔女の腐乱死体』）。しかし、「あなたの、殺人の話、全部、聞かせてちょうだいな」と迫られたところで、これまでの人生、すべてが平均値の枠内に収まるような平々凡々、ごく普通の経験しかしてこなかったと自覚している美菜子には、闘一の期待に沿えるような物騒な話には、まるで心あたりがない。それでも困惑する美菜子に、あなたは殺人を呼び寄せる、殺人体質なのだと言い募り、無理矢理記憶の扉をこじ開けて、絞り出させたある失踪事件が、本書の軸となっていくのではありますが――。

興味深いのは、この「西国寺《さいこくじ》充夫《みつお》失踪事件」の真相は、明らかにされないまま、物語の幕は下りるという点です。

美菜子が思い出したのは、かれこれ十五、六年前、新婚ほやほやのアパート暮らしだった頃、近所に住んでいた西国寺伊世子《いよこ》の夫・充夫が二度にわたって自宅から姿を消したことでした。伊世子が夫を殺したなんてことはないと思う。引っ越してしまったので、その後どうなったのかは知らない。大の大人が姿を消すなんて、大変なことだけど、単純な話でもあって、謎も不思議も不可解も存在しないはずなのに、どこか妙な違和感があると美菜子が考え込めば、当然、読者もまた「なんだろう?」と興味を引かれるはず。

けれど、そうして誘い込まれた「謎」には、最後まで明確な答えは示されません。これは一体、何故なのか。

思うに、それは本書がミステリーとしての謎の答えという「結果」を楽しむ物語ではなく、そこに至るまでの「経過」を愉《たの》しむ物語として描かれているからではないでしょうか。

自宅で伊世子の写真を探していた美菜子の「西国寺さん、写ってないか」というひとり言に娘の香音《かおん》が妙な反応を見せれば「ん?」と読者の伏線《ふくせん》レーダーは反応するでしょう。闘一が「伊世子は夫を殺してる」、「単なる行方不明じゃない。殺されて、埋められたのよ」と言い出せば、その可能性を疑いもするでしょう。そんな最中に、西国寺と名乗る新規の客から依頼があれば、闘一ならずとも何かある!? と期待も膨らみます。

Ｔｅａｍ・ＨＫが向かった西国寺家の女主人は、本当にあの伊世子なのか。あれ？　やっぱり偽物なの？　え？　本物は夫の充夫が土に埋めた？　充夫とその愛人が仕組んだ殺人事件？　『消えたのは誰だ（仮）』って……。ちょっと待って、これってどこまでが事件の「推理」？　どこからが（チョウベストセラー＆チョウ人気＆高額納税）作家那須河闘一大先生の妄想？　いや構想？　で結局、闘一の「カン」はあたってるの？　それとも美菜子が正しいの!?　と、読みながら、あれこれバタバタと翻弄された（私は一瞬、「え？　闘一ってホントに日向《ひなた》の弟なの!?」とも思いかけました！）読者も多いはず。

なのに、最後まで読み終えると、気持ちは落ち着き、すっと背筋が伸びたような心地になっている。あぁそうだ、そうだよね。私もやるべきことを、ちゃんとしようと、気合いが入るのです。

前作の『Ｔｅａｍ・ＨＫ』では、自分に自信が持てず、周囲とも上手く馴染めない専業主婦の美菜子が、自分の持っている力を生かせる場所を得て、少しずつ変わっていく姿が描かれていました。自分が好きなこと、出来ること、求められていること、やるべきこと。そうした物事に「気づく」。自分という人間を知ることで、アラフォーになっても人は変われる、成長できると、美菜子の姿を通じて作者のあさのあつこさんは説いていた。

では、その「気づき」の後には何があるのか――。

本書の裏テーマとでもいうべき、それは「信頼」ではないか、と、私は思います。

闘一が美菜子に話をせがんだのも、それ以前に、彼がＴＨＫに清掃を依頼するのも、根底には信頼があるから。誰でもいいわけではないのです。日向がシングルマザーの近藤樹里《こんどうじゅり》に「子どものためなら遠慮なく休みをとればいいよ」と励ますのも、日頃の樹里の働きあってのこと。西国寺家が大手の清掃会社ではなくＴＨＫに依頼してきた裏には、伊世子の息子・淳也《じゅんや》と美菜子の娘・香音の信頼関係があり、引いては香音と美菜子、美菜子とＴＨＫの信頼が基にもなっている。そして美菜子が、事件の真相＝伊世子が殺人犯か否かを見極めようとしないことも、信頼と無縁ではありません。

「わからない」ことを「わからない」ままにしておく、ということは、嫌な物事から目を逸らすのとは似て非なる状態。「逃げ」ではなく、お腹にひとつ大きなものを飲み込む、「わからない」ことが「わかっている」、その重さを引きうけるという状態です。

自分の力で何かを成し得ることも、そんな自分の力を信じられるようになることも、もちろん容易ではないけれど、誰かを信じることはさらに難しい。まして頼りにする、任せる、ゆだねるとなると、一朝一夕で出来ることではありません（つまり家事代行サービスに不満が残ったのは、私にも責任があったということですね）。自分ひとりで何もかも完結させたほうが簡単だ、という一面も確かにあるでしょう。でも、だけど。そうした関係性を育むことを諦めてはいけない、いや、諦めたらつまらない。この物語からは、そんなエールが聞こえてくる気がするのです。

最後にもうひとつ。本書では、美菜子の新婚時代のエピソードや、闘一と日向の過去が明らかになりましたが、Ｔｅａｍ・ＨＫのメンバーには、まだまだ多くの謎が残されています。

ぶっきらぼうな派手顔美人のバイク乗り美杉杏奈《みすぎあんな》や、美菜子以上に極度の人見知りなのに、妻（一回りも年上の！）子もちの和泉初哉《いずみはつや》の人となりも知りたいし、ざっくりとは触れられている樹里の来し道も気になるところ。

いつの日かまた彼女たちに会える日が来ることを楽しみに、窓を磨いて共に待ちましょう！

二〇一八年七月

この作品は2015年10月徳間書店より刊行されました。
なお、本作品はフィクションであり実在の個人・団体などとは一切関係がありません。

徳間文庫

Team・HK

殺人鬼《さつじんき》の献立表《こんだてひょう》

2018年9月15日　初刷

著者　あさのあつこ

発行者　平野健一

発行所　東京都品川区上大崎三—一—一
目黒セントラルスクエア　〒141—8202
株式会社徳間書店

電話　編集〇三(五四〇三)四三四九
販売〇四八(四五一)五九六〇

振替　〇〇一四〇—〇—四四三九二

印刷　本郷印刷株式会社

製本　ナショナル製本協同組合

ISBN978-4-19-894386-8　(乱丁、落丁本はお取りかえいたします)

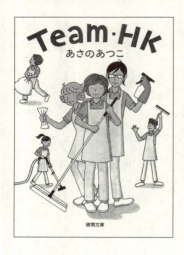